开心无价

郭金勇 —— 著

海峡出版发行集团 | 海峡文艺出版社

图书在版编目（CIP）数据

开心无价 / 郭金勇著. —福州：海峡文艺出版社，2022.12
ISBN 978-7-5550-3236-6

Ⅰ.①开… Ⅱ.①郭… Ⅲ.①中篇小说—小说集—中国—当代②短篇小说—小说集—中国—当代 Ⅳ.①I247.7

中国版本图书馆 CIP 数据核字（2022）第 229580 号

开心无价

郭金勇 著

出 版 人	林 滨
责任编辑	林 颖
出版发行	海峡文艺出版社
经 销	福建新华发行（集团）有限责任公司
社 址	福州市东水路 76 号 14 层
发 行 部	0591—87536797
印 刷	成都兴怡包装装潢有限公司
厂 址	成都市金牛区西华街道付家碾村 6 组 152 号
开 本	880 毫米×1230 毫米 1/32
字 数	210 千字
印 张	8.5
版 次	2022 年 12 月第 1 版
印 次	2023 年 3 月第 1 次印刷
书 号	ISBN 978-7-5550-3236-6
定 价	55.00 元

如发现印装质量问题，请寄承印厂调换

序 一

陆 原

认识郭金勇有三十多年了,他给我突出的印象,便是他热情、浪漫、朴实、率真的个性。

先说一说他被朋友们常说的"浪漫"的一件事。有一次,一位朋友跟我说:"郭金勇真是浪漫。这么大年纪了,和老婆逛街都还手牵手!"那时,郭金勇的儿子都上大学了,他和妻子也都跨入中年的门槛了。通常说,夫妻到了四五十岁的年龄,初恋时的激情都会被婚姻的现实消磨得静如止水,夫妻两人相看互不生厌,已经是非常好的爱情婚姻了。如果两人一起出门逛街,而且还手牵手像"初恋"般地如胶似漆,这婚姻优质得真有点出类拔萃。当时,我对朋友所言也似信非信,或想郭金勇夫妇偶尔有此牵手的举止也有可能。但不久的一天黄昏,我在街上迎面看见郭金勇的右手握着他妻子的左手在逛街,两人亲昵恩爱之情,如阳光灿烂。我们走近时,我说:"郭金勇你们真浪漫啊,逛街还手牵手!"郭金勇也不松手,笑呵呵坦率地说:"我们逛街、散步一直都是手牵手的!"

郭金勇的浪漫还表现在喜欢野外露营这一爱好上。他曾多次邀请我去露营,我都没去。我觉得露营睡帐篷,在冬天,我怕冷;在夏天,我不但怕热,也怕虫蛇钻进帐篷里咬人。我对郭金勇说:

"露营睡帐篷，还不如住民宿舒适。"他说："睡帐篷有意思，看星星，听虫鸣，跟大自然融在一起，感觉很不一样。"他还说和妻子、驴友们在山野和开放式的景区有过多次露营的体验，爽得很！

浪漫的人，大多喜欢喝酒，郭金勇也如此。他什么酒都能喝，但比较喜欢的是白酒和黄酒。他的酒量不大，但酒风很好，这很"要命"！有一次，我请文友们小聚，由于我不大会喝酒，也常常不会劝酒，以"喝酒如意"为原则。这次郭金勇喝酒一如既往地热情似火，豪气冲天，端起酒杯，不拐弯抹角，先干为敬。于是，大家敬来敬去，他菜没吃多少，结果酒喝了不少，回到家后竟吐得一塌糊涂，吓得他妻子三更半夜把他送到医院挂瓶醒酒。他的妻子还打电话问我："郭金勇今晚究竟喝了多少酒？"我说不会超过半斤白酒。他妻子不相信，说喝半斤白酒他决不会醉成这个样子的。我这才知道，郭金勇的酒量远不止平时我所知的水平，他的这一次醉酒可能是喝得太急，马失前蹄。

我很是自责，平时喝酒我是会给他限量四五两的，我本意是照顾他，其实是"害"了他。会喝酒的人，酒瘾上来后，你不让他喝个痛快，那种折磨的痛苦，近乎"谋财害命"。但是，几十年来，他无数次喝酒，在我的精心"照顾"下，虽然没有喝够酒，但他竟然没有对我心生怨恨，我觉得他对我这是敬重有加！

一个人对你一时的敬重，很容易。但几十年对你一以贯之的敬重就很难，尤其是浪漫而率真的人，更是难上加难。然而，郭金勇三十多年来就是一口一个"老师"不改口，人前人后都如此，更主要的是他不是嘴上喊一套，心里想的和做的另一套，他的这种质朴，难能可贵。

然而，郭金勇对自己作品的认知与他的性格不大相符。一般来说，热情、浪漫、质朴、率真的人，对自己的作品都自我感觉良

序　一

好，有的还直率地说自己的作品天下第一。但郭金勇恰恰相反，他对自己创作的每一篇作品都不自信，无论是发表和被选入各类年选的作品，还是获过奖的作品，都觉得写得还不够好，羞于提及。

我常常跟郭金勇说："你也不用谦虚，你的小说作品，一些选刊都选用了，每年的小说作品年选都选上了，这便证明了你作品的质量。"而且，我也曾多次催他出版一本小说集，以便交流。他总是摇着手、红着脸，连连说："我的小说写得不好，不出书、不出书，这些文字拿不出手！"他这语气、这说话的神态，像是丑媳妇怕见公婆。

为此，我有时候想："郭金勇对自己作品的认知态度，是谦逊呢，还是不自信？"以至于有时我不得不认为，他是不是得了文学创作自卑症？或者他骨子里是一个胆小、自卑的人？

其实，我从认识郭金勇至今，他给我的印象是一个胆子足够大的人。记得我第一次见到他，是在1989年的盛夏，那时他来编辑部送稿子。他从门口进来，脚步坚实有力，踩得木地板"嗒嗒嗒"地响。

当时，我正在编稿子，抬头一看，只见一位一米七五左右的清瘦的小伙子，手里拿着一叠稿子来到我面前，恭敬地说："老师，我写了两篇习作，参加文学征文比赛，请您指点指点！"虽然，他说这话并把稿子递给我时，脸上泛着微红，略显一丝紧张，但他说完话没有走，想立等可取我对稿件的意见。

那时，文学很神圣，编辑部是神圣的殿堂，一般年轻的作者第一次送稿到编辑部，会紧张得放下稿子返身就走，而像郭金勇这样胆大执着的作者，并不多见。

于是，我请他坐下，给他泡了一杯茶，然后我看完他的稿子。这是一篇短篇小说和一篇散文，这两篇作品写得都很有农村生活气息和时代感，而且细节描写生动传神，结构富有艺术技巧，可以说

开心无价

这两篇作品较为成熟。我感到他是一棵搞文学创作的好苗子，于是顺便了解了他的一些情况。

郭金勇告诉我，他毕业于杭州大学历史系，刚参加工作，分配在城郊的一个乡镇任团委书记，今天是趁进城开会之便，到编辑部送稿的。他说他爱好文学，在大学里就开始练习写作了。

不久后，评委们对应征作品进行认真评选，大家对郭金勇两篇作品均给以好评，他的散文荣获一等奖的第二名，小说获得二等奖的第二名。

此后，郭金勇经常投稿，笔耕不辍。凡得知编辑部举办文学创作讲座，他都会骑自行车赶十几里路前来听课。那时，文学创作讲座都在夜里举办，他听完课又连夜赶回去。辛苦自不必说，深夜赶路不恐惧，让大家感到他的胆子不小！

一般来说，自卑的人，胆小、社交圈小，而郭金勇随着进城在政府机关大院工作的机遇改变，随着他踏上仕途后在乡镇、部门交流任职的工作圈子拓宽，他的社交圈大得很，有仕友、农友、酒友、驴友、牌友、钓友、文友……总之，他在一个星期的业余时间里，各类活动都排得满满当当的。

我认为郭金勇更多的朋友，还是文友。他在担任台州市作家协会理事兼报告文学委员会主任，以及担任仙居县作家协会副主席兼秘书长十多年里，他诚心做好分内工作，热心为会员们服务，任劳任怨，从不叫苦喊累。他的古道热肠，常常感动着大家，大家把他当作老大哥、当作师兄敬重，有什么创作上的事，或是个人工作生活上的事，都喜欢找他聊聊，请他帮忙。

当然，在郭金勇的生活里，文友和各类朋友多了，交际便也多了，这无疑会影响到他的文学创作，他创作的作品数量便少了。其实，我希望他是一位多产作家。因此，他每每说自己作品不好时，我有时便趁机附和他，我说创作只有量变才能达到质变。我这样对他烧一把"火"，有时能给他在短时间内"烧"出好多篇作品。

后来我想，郭金勇对自己的作品不满意，不管是谦逊也好，还是真的自卑也好，都是好事。可以认为，这是他对自己的文学创作有一个更高更严的要求。

郭金勇虽然从小说、散文创作上开始起步，但几十年来，他不断探索诗歌、报告文学等各种体裁的创作，各类作品均在全国报刊上发表或获奖，他成了一个多面手的作家。

十多年来，郭金勇以小小说和短篇小说创作为主。作品题材大多以社会现象为切入口，观照现实，反映真善美，贬斥假恶丑，文本呈现的浪漫气息和坦诚率真，成为其突出的亮点，我想这也可能是他的作品受到行家和读者欢迎的原因之一。

郭金勇写社会现象这一类小说，很是出色，写出了"人人心中有，个个笔下无"的境界。这一类作品，富有哲理，颇具匠心，让人读了有一种醍醐灌顶之感。

《开心无价》就是这种类型的作品。这篇作品选材很有特点，以"我"和老王一起钓鱼的经过为叙事载体，内嵌哲思，写出了老王把钓鱼当作娱乐休闲为目的的精神追求，却以物质价值观来评判"我"搞文学创作的低价值，揭示了许多人以双重人生观和价值观评判别人的一种普遍的社会现象，也隐含了对这种社会现象危害性的批判。这篇作品主题鲜明，人物刻画入木三分，语言幽默风趣，结构平中出奇，结尾含蓄出彩，让人回味无穷。

在郭金勇创作的小说中，《老牛握手》《往左还是往右》《睡觉》《信不信》等都与《开心无价》有异曲同工之妙。

郭金勇还有一类写人性人情的小说也十分好读，如《我是你的新娘》《夏雨滂沱》《四十年前的那朵云》等，都给我留下很深的印象。

《我是你的新娘》写一位少妇，为了寄托对牺牲的警察丈夫的怀念，一直留着他生前喜欢的发型。再婚之日，少妇要更改发型，而前夫的朋友、当今的新丈夫劝她不用更改发型。然而，她还是执意改掉了发型，这让新的丈夫既心酸又感动。这篇小说切入角度独具匠心，展示人性的善良与美德，能打动人心。

当然，郭金勇其他类型的小说都有可圈可点之处，值得品读。

在壬寅新春暖风的吹拂下，郭金勇终于把十多年来创作的小小说和短篇小说汇集成《开心无价》一书正式出版，可喜可贺！我相信这是他想总结过去的小说创作，并以此为新的起点，向着小说创作更高的目标奋进的新举措！我更相信他在今后的创作道路上会永葆热情、浪漫、朴实、率真的品质，他与文学的情缘会如他们夫妻的爱情一样浓情久长，结出更大的文学硕果！

是为序。

2022 年孟春

（陆原，中国作家协会会员、中国散文学会第二届及第三届理事、浙江省作家协会报告文学委员会副主任，编著有中短篇小说集《苍鹰在天》、散文集《心灵的风景》、长篇报告文学《谁为翘楚》《万里长歌》等二十多部。）

序 二

杨晓敏

  郭金勇与文学结缘之后，曾经过长时间的诗歌、散文体裁的写作，后来他选择了以小小说文体为主要创作方向。二十余年的坚守与耕耘，因生活阅历丰富，善于思考，观察入微，他笔下的小说素材鲜活，能在千把字的篇幅内写得立意卓然，文风谐趣，常于不经意间，在艺术探索上另辟蹊径，给读者带来意外的阅读惊喜。

  囿于小小说的体量小，极难展开那种宏大叙事的方式，大多只能专注于某一生活场景、瞬间、片段等，借题发挥，以小喻大，力求言尽而意远。在当代小小说的名篇佳作中，不乏成功范例。郭金勇的一部分哲思小小说，同样追求这样的良好品质。他的《老牛握手》是一篇获奖作品。他体察细微，深谙人情世故，通过生活中常见的握手礼仪，体味到人们在言谈举止、接人待物中所养成的性情。老牛通过握手找到爱人，并在爱人帮助下懂得如何笑对人生。

  《钓王》借一次寻常的钓鱼故事，寄予生活哲思，层层铺垫之后的意外结局，自然而然揭示文章的立意，是一篇颇为好读又耐读的小小说。被人称为"钓王"的人，有近六十年的"钓龄"，有高超的钓技，名不虚传。作品不从这一常规处着手，而是旁逸斜出。

开心无价

钓王一丝不苟端坐于水库边上，整整一个上午毫无所获。作品前半部分用大量篇幅对此进行铺排渲染，可谓一石二鸟，一是表现钓王的沉稳心态，一是为后面的钓鱼得失打下伏笔。

凡事得之不易，失之愈痛，一般人都难违此种心理轨迹。钓王辛苦钓了一整天，所钓的六条鱼从未系好的鱼护中又逃回水库，同伴都为此痛惜不已，钓王却平静地说："不必，钓鱼乃修身养性之举，又何必在乎得失呢？等待过、失望过、高兴过、得到过、失去过，这一天过得充实了，这才是最主要的。细想今天，就如今生啊，从一无所有到曾有所得或名利双收，可到最后不都仍是两手空空吗？又有什么可恼可怒呢？"话得体，人从容，此情此景，王者风范跃然纸上，人物形象的刻画也因此立体饱满。甚妙！

同样写钓鱼的主题，《开心无价》却把物质追求与精神追求放在一块进行探讨。哥俩一番争论，殊途同归，道明了这么一个生活常识：萝卜白菜，各有所爱；红尘万丈，自在选择。不仅精神层面的智力资本投入不能用钱来衡量，比如写作与稿费，以此来判别对等不对等，而且物质层面的消费投入，比如渔具成本与钓鱼多少，同样不能直接用钱来计算。正如该篇的题目一样，叫作"开心无价"。

官场是社会上大众的关注点，仕途又是衡量官场人物的重要标识和晴雨表。如何编织好这些特定环境中的故事，开掘出深层次的内涵，塑造出个性鲜明的人物形象，它考验着写作者综合功力。郭金勇在机关数年，曾业余从事过新闻采写，正因为有此厚实的生活积累，才能对此类题材有的放矢。

《恩将仇报》反其意而用之：昔日恩人兼老上司的孙子犯罪，

序　二

法与情产生了无可调和的矛盾，此种情形之下，当事人该何去何从？是法外开恩，还是大义灭亲？身为公安局局长的陈兵，在破获一起强奸杀人纵火案件时，就遇到了这样的难题。该案嫌犯不是别人，竟是现已离休的公安局原局长鲍为民的单传孙子，而鲍为民却是对他有着天大恩情的再生父母。作品借助细腻传神的细节，刻画主人公陈兵的矛盾心理，真实动人。在人情与法律的抉择中，他毅然下发了拘捕嫌犯的命令。一位刚正不阿、不徇私情的职业公安干警形象，至此跃然纸上。

小说却并没有到此结束，老公安鲍为民的一个电话，让故事再掀波澜，也给人带来无限猜测。原来鲍为民不为单传的孙子求情，却主动提供线索，并要求参加拘捕孙子的行动。这一情节的逆转，着实出人意料。作品借一个电话来刻画鲍为民这个老公安的职业操守形象，自然而又巧妙，他的大义灭亲之举让人感动钦佩。一个充满正能量的故事，大力弘扬法治精神，可谓把握住了时代的脉搏。

《得失》为官场投机者画像，几个小细节，便把那种变色龙嘴脸勾勒得活灵活现。人生无坦途，若论得失，应以德才修行为先，不能偏离了天理良心的大方向。一场认亲，成为蒋副县长在仕途中苦心经营的一步棋，他想得到的是一盏阿拉伯神话故事里的神灯。认亲的现实版闹剧谢幕了，打着亲情与慈悲的幌子，掩饰机巧之心，尤为让人痛恨。一个擅权术、假慈善、投机钻营，不惜一切手段，攫取自身利益的官员形象，被钉在耻辱柱上。

《了了》里的，是歪打正着呢，还是聪明反被聪明误？也许，二者兼而有之。这样的情景，在过去的官场比比皆是，大家挖空心思，跑跑送送，什么样新奇的招数都会想到、都会用上，从上到

开心无价

下,实际上也是苦不堪言,为其所累。最后的附录部分,是八项规定的出台,才让情节有了转折,让送礼人乃至收礼人都能得到解脱,借力打力,是解决问题的根本大道。题目叫"了了",结尾也是豹尾。

　　历史正处于转型期,城乡之间的生存面临极大的嬗变,尤其是人的观念,由于环境条件及自身素质的差别,会受到不同程度的影响,抱残守缺或积极跟进等,进行碰撞在所难免。郭金勇笔下的城乡故事,不乏这样有意味的思考。

　　"城里人在乡下人特别是山里人面前,心里总会有一丝优越感,仿佛高人一等。"《午餐》写的这种现象,在当今依然普遍。一次随意的旅行,却改变了主人公胡思的这一想法。胡思与同伴去乡下爬山,因体力不支半途退出,在一个村子随意闲转,与一位坐在家门口的老太太闲谈,聊得亲热。老妇人热情邀请胡思到家里吃中午饭,尽管她只能给他奉上一顿极为普通的面条,那份盛情还是让胡思深受感动。当然,他最终没有吃成那顿午餐,因为老妇人那个从城里回来的儿子对他充满戒备,阻止了母亲的热情。

　　作品没有曲折动人的故事,靠对话来推进情节的发展,胡思与乡下的老妇人、与老妇人的儿子,所有的交流,在一问一答中完成。其间辅以对乡下种种景物的描写,冷清的老屋、趴在门口的土狗、蓦然惊飞的鸟儿,看似散的描述中,作品的主题也慢慢呈现:乡下老妇人的淳朴热情,城里儿子的戒备冷漠。"城里人真的就比乡下人、山里人高一等吗?"胡思这一问,不啻对某些高傲的城里人的诘问与无奈叹息!

　　对于一些荒诞或者离奇的故事,作家们常借助梦境的形式来完成，真真假假，似梦如幻，现实中不可能发生的物事，不便表达的一些内容，在梦里却可以自然而然地氤氲起来。小小说《最后六天》即为这样一篇在幻境中穿越的作品。

主人公被医生宣布只有最后六天生命，这最后的六天，他分别留给了自己的父母、爱人、儿子、领导、同事、自己。所谓人之将死，其言也善，在生命的最后时刻，往往也是一个人展现最真实的自己的时候，男人对父母的悔，对妻子的歉意，对儿子的期望，对领导的怨怼，对同事的辩解与劝告，一天一个角色，一天一段人生，勾勒的其实是一个中年男人真实又负荷累累的人生。把如此漫长庞杂的人生，简缩为一夕之梦，也极富意味，长长的人生，也不过南柯一梦，如何度过这一生，如何与身边的人相处，确实值得每一个人深思。

《独头王》塑造人物性格，细节刻画传神，独头王这个人物立体而不扁平，一位性格爽直、说话直来直去甚至有些生硬呛人的退休老人形象，跃然纸上。从机修车间主任位置上退休下来，老王退而不休，沉浸在自己的职业氛围中，家中一应用品器具，能修不扔，为此甚至与家人发生争执，令家人无奈。老者固执倔强，勤俭持家、乐于助人，作者借家乡俚语中的"独头"一语，来概括老人特点，既形象又贴切。

事实证明，独头王的所言所行，为人所需，倍受邻里欢迎，他在小区门口义务为人修修补补，不但得到了小区邻居们的赞赏，也得到了市长的支持，"党员义务服务点"最后变成了"党员义务服务站"。一般说来，在偏颇的方向坚持为执拗，在正确的方向坚持为固守，独头王发扬的螺丝钉精神，正是当代人应该重拾的优良作风,是他性格中可敬可爱的一面。结尾处女市长进社区的情节,体现了独头王性格中另一种可敬的刚正不阿的一面。

对于自己的小小说创作,郭金勇始终保持着一份清醒的认识,他在随笔中认识到自己的创作还存在诸多不足,但仍然表示要坚持一路走下去,这也体现了他对于创作的某种期许。事实上,生活中很多人的成功,一方面取决于天赋,另一方面则来自毅力。

(杨晓敏,豫北获嘉人,当代作家、评论家、小小说文体倡导者,小小说金麻雀奖创始人,金麻雀网刊总编辑,河南省作协顾问,河南省小小说学会会长,郑州市作协名誉主席。曾主编《小小说选刊》《百花园》千余期,著有文学作品八部,编纂《中国当代小小说大系》、年选等图书四百余卷。)

目录 Contents

选择	1
四十年前的那朵云	5
不变的发型	8
我是你的新娘	11
神龛逸事	15
夏雨滂沱	19
迟来的表白	21
树	23
叫我怎么不歌唱	27
成长	30
老牛握手	34

开心无价

不了不了	37
往左还是往右	40
304 客人	43
钓王	47
开心无价	50
意外	52
山村的评价	56
午餐	60
你会怎么想	63
开门	66
邻居	70
睡觉	74
欠一个道歉	78
信不信	82
独头王	86
张喷嚏	90
郑一半	93
老倔屈子崛	96
铁拐李	99
李阳春	104
领跑者	108
证明	112
打呼噜	116
丽音在耳	119

目　录

1990年的电话	123
得失	127
第三双眼睛	130
恩将仇报	134
钓	137
了了	140
等	144
道	148
打赌	151
露天会议	154
一场火灾的三种视角	158
铁骨娇女	162
山魂	168
三思而行	186
拨浪吴	192
现实生活	197
最后六天	209
文身	216
风云际会	221
撒手锏	228
后记	247

选　择

　　已经两天又两夜多两小时了。马卫盯着电脑屏幕上灰色的QQ头像，虽不死心却也无奈了——高山雪莲仍未上线。

　　这都是马卫如实告诉她那个消息所致的。该不该将这一消息告诉她？当初马卫也曾经犹豫了很久。不说吧，事实无法纸包火；说吧，就是眼前这一预料的结果。

　　唉！这样也好，至少我可以问心无愧。

　　马卫关了电脑，仰面躺在床上。晚上十一点了，也该休息了。

　　可一闭上眼，马卫的脑子里全是高山雪莲的影子在晃，他们聊的最后那几句话以及她发的最后一个表情，尽在他脑屏上显现：

　　"我将去四川地震灾区援建。"

　　"啊？有点突然。什么时候去？"

　　"五天后。"

　　"要多久？"

　　"三年。"

　　"这么长？怎么会派你去？"

　　"是我自己主动报名的。"

　　"你为什么要主动报名呢？"

开心无价

"因为我是一个男人，是一名党员。听说那边山路崎岖，余震很多，也不知道土地爷会不会再发脾气，让我的生命安全受到威胁。这次去，我自己也不知道能不能安全回来、能不能完整回来。我考虑了很久，觉得还是应该如实告诉你。请你慎重考虑，我尊重你的选择。"

高山雪莲发来一个微笑的表情，随后什么话、什么表情都没有了，两天又两夜多两小时了。

这对网恋了一年多的人来说，很不正常。以前，两人只要有空，就会通过QQ聊天或视频通话的。

一定是害怕了吧，马卫想，这也是人之常情。人的感情瞬间就会改变，何况还要等三年呢？何况还有那么多不确定因素呢？这样结束了也好，自己在那边工作可以无牵无挂了。只要她幸福就好。

高山雪莲是马卫在网上认识的一个女孩，真名叫高雪莲，和马卫同一个县，但她在邻省一家企业上班。通过一年多的网络视频、聊天，相互了解，两人感情发展很快。雪莲原计划下个月回家一趟，两人见个面，确定恋爱关系的。

该交接的工作都交接了，马卫到办公室其实也没什么事了。他再次打开QQ，发现高山雪莲仍然未上线。聊天记录最后一条，仍是她发过来的那个笑脸表情。马卫觉得这个笑脸比蒙娜丽莎的笑更难捉摸。

"马怀！"听到这一特有专用称呼，马卫仿佛突然遭到了强电流的冲击，人霍地站了起来，呆了两秒钟，又重重跌坐回椅子上。他伸出右手，暗中狠狠掐了一下自己的大腿。

当初网上初遇自我介绍时，马卫五笔输入把"卫"输成了

"怀","马怀"也就成了她对他特有的专用称呼了。

雪莲！失踪了两天又两夜多十二小时的雪莲，竟站在他面前。

虽不施粉黛却不失娇羞，披肩黑发简单束成马尾，白里透红的脸庞尽显青春美好，笑眯眯的眼睛深邃而明亮。

"你……你……怎么来啦？"

家乡四五月时，天气不冷不热，适合散步。两人沿着蜿蜒县城而过的永安溪绿道，边走边聊。她有太多的话要说，他也有太多的话想听。

在马卫听来，她的话如鼓点，每一句都敲得他心脏"嘭嘭嘭"地响，但这些话又似乎都敲在鼓边上。他最想听到的、敲在鼓心的那一锤，却始终没有听到。

也许这是今生第一面也是最后一面吧。马卫心里想。

用过简单的中餐，雪莲突然说："下午能带我去你老家一趟吗？"

马卫不知道她葫芦里到底装的是什么药，心想：是想看看我家里经济状况？有必要吗？但一张口却说："你若想去，当然可以！"

马卫的父母正在为独生子赴川三年援建的事心疼得泪眼汪汪，郁闷纠结。见儿子突然带了个女孩到家，急忙挤出笑容让对方坐。马卫的母亲连连责怪道："这孩子，也不早说一声，让我们也好有个准备啊！"她连忙吩咐马卫的父亲去城里菜场买些菜来。

雪莲忙说："伯父、伯母，别忙。我今天来看看你们，是……"

马卫和他父母都支棱起耳朵来，尤其马卫，他知道敲在鼓心那一锤来了。

"是想让你们见一下我，同时也好让我知道，你们是否同

开心无价

意……"

马卫一下惊呆了，泪水不知不觉涌出了眼眶。

马卫母亲紧紧拉住雪莲的手："闺女，好闺女。我们是哪世修来的福气？可他……他……你可考虑清楚呀！"马卫母亲又忍不住抹起泪来。

雪莲平静地说："我知道。这是我的人生大事，这两天我也考虑了好久。马卫三年不回，我会尽快在这边找工作，可以经常来看你们。我会等他回来。"

马卫刚擦掉的眼泪又冒了出来。若不是父母在，他一定会紧紧地抱着她。

马卫真的紧紧抱着她时，是在他圆满完成任务、平安回来那一刻。他在她耳边轻声问道："当初是什么让你做出这么伟大而英明的选择？"

四十年前的那朵云

  我想，该是以这种方式告诉你的时候了。告诉你，四十年前曾有过那么一朵云。

  之所以现在说出来，是因为前天，和我同龄的邻居突然因车祸走了。昨天，我们的一位同学忽然中风无法说话了。世事难料，谁能保证下一个不是我呢？

  那还是咱们上初三的时候。当时我们有四个班，你没和我同班。你几乎每天都会一下课就第一时间跑到我班门口，俏皮地笑，呼唤你的闺密一起玩去。你那圆嘟嘟的脸庞、笑眯眯的眼神、白嫩嫩的皮肤、若隐若现的酒窝、俏皮活泼的身影，渐渐引起了我的注意。我若无其事地向同学打听你的名字，那高雅、圣洁的名字，就深深刻进了我的心里。

  初中毕业上了高中后，那种朦胧的好感日渐强烈。高中只有两个班，你仍然没与我同班。现在想来，冥冥之中，天意已给我暗示了吧。

  可来自农村贫苦家庭、有着很强自卑感同时也有着强烈自尊的我，不敢、也无法向你诉说。那时，农村刚好在流动播放电影《天仙配》，于是，我不知不觉将你与七仙女相提并论。因为我觉得，你的相貌和电影中的七仙女差不多。因为我觉得，你的心地也会和电影中的七仙女那样美，不会嫌贫爱富。

从我家到学校，抄近路少说也有七里路。我每天早出晚归，只为替父母省下几元住校费。可这每天来回的两个七里地，却让我陷入了更深的单思深渊。因为在这条路上，在一个村口有一棵歪脖子樟树。每次经过时，只要四周没人，我就会学电影中董永对槐荫树说的话，而且也连说三遍。可让我沮丧的是，不管我多少次经过多少次说了，奇迹始终没有出现。树也没有讲话，你也没有正眼看过我——你压根儿就不知道我的心思，就如不知道那时的天空中，居然会有那么一朵不起眼的云，为你而聚集的云，云里全是我的心事。

我在心里埋下一个心愿：等我拿到大学录取通知书时，我要大声告诉你，让你看见那朵云，那朵朝霞一般的云！

可是，命运偏要捉弄我。高考分数出来时，我仅因一分之差无缘跳出农门。那时并没有自费上大学的玩意儿。那时国家户口与农村户口有着天壤之别。

我参加了复读。我发誓：不考上大学就不再看你一眼！

这一年中，我曾有一次在街上邂逅你。我背过身，不看！等你走远了，我对着你的身影在心底里喊：你等着，我会拿着大学录取通知书站到你面前的！

当我终于拿到大学录取通知书跑到你家时，你妈只是平淡地道了声"恭喜"。我也似乎随口问了句你去哪儿了，你妈也随口回答"不知她跑哪儿玩去了"。我愣是没能见到你。

上了大学，屡次提笔写信，却又难以落笔。不知你在哪里，又恐被别人看见，不敢写。后来又去过你家几次，都打听不到你的音讯。

有一年暑假回家,听同学说你居然和一个痞子黏在一起。向来文静、乖巧、胆小的我,居然斗胆找到那个痞子,让他远离你。结果,我以额角一道三厘米长的刀痕,换了那痞子两颗门牙。你看,这刀痕一直留在我的额角,留在我的心里。

后来大学毕业了。后来参加工作了。后来我也谈恋爱了、结婚了、有孩子了。十多年间,你杳无音讯,人间蒸发似的。

多年后,高中同学会上再见你时,早已物是人非了。你的孩子、我的孩子都上大学了。

你的老公比我出色。我在心里为你高兴的同时,不禁扪心自问:"如果我们俩在一起,你会像现在这么幸福吗?"

你很大方地邀我合影,这是我企盼多少年的奢望呀!我站在你身边时,身子居然不住地颤抖。但我仍然没和你说起那朵云,那朵你从不知道存在过的云。

那晚聚餐,我喝多了。我和身边的一位铁哥说:"我看见了上高中时的那朵云。"铁哥说:"你喝多了。"我说:"这酒有点苦。"

分别时,我很想告诉你那朵云。可我抬头望望天空,早已不是那时的天空了。

还是这样写下来告诉你更好。你知道也好,不知道也好。因为我知道,随着我最后一个句号的出现,四十年前的那朵云,就没了。

不变的发型

李冬第一次见到娟是在好友小老王家里。

那天是周六晚,小老王打电话来要李冬过去,说是打牌三缺一。李冬过去后,第二局的牌刚抓好,娟来了。李冬只觉得眼前忽然一亮:姣好的容貌、白皙的皮肤、得体的穿着,特别是她那一头新娘似的发型更让李冬过目难忘——乌黑的秀发往后脑勺绾了个漂亮的发结,前额留一小片刘海,两侧耳鬓各悬挂一绺弹簧似的卷发,在她走路或点头时微微颤动,楚楚可人。

李冬的朋友们都说李冬的夫人是个仙女、美人,李冬自己也一直这么认为。但当他看到娟后,觉得她比自己老婆漂亮多了。小老王起身向打牌的四位朋友一一做了介绍,娟只是向大家礼貌性地微笑着点了下头。小老王让她坐下玩牌,她推辞了,只是站着说了一会儿话,跟他借了本英国达夫妮·杜穆里埃的小说《蝴蝶梦》,然后就告辞了。

四人继续打牌,不知怎么回事,李冬的牌艺发挥大失水准,不是拆错牌就是出错牌,能赢的牌却输得很惨。脾气向来以好著称的与李冬搭家的朋友也忍不住责问李冬:"怎么打牌的呀?"

过了两天,李冬刚好有事到娟的单位,顺便去拜望一下她。她依然是那晚的发型，新娘似的美丽。只是她的眼光，清澈中夹杂着一丝幽幽的忧郁和寒意。这一点，细心的李冬在初见的那晚就感觉到了。现在再次见她，在她的目光中依然感觉得到，尽管她礼貌性地微笑并起身为他倒开水。

刚好娟也不忙，于是李冬就和她聊了会儿。

"你喜欢看外国小说？"中文系毕业的李冬文学素养不低。

"谈不上喜欢，随便翻翻。"她平静地说。

"向小老王借的《蝴蝶梦》看完了吗？觉得好看吗？"

"还没呢。想看了就看，不想看就放边上了。我是瞎看，说不出好不好的。"娟微笑回答道。

"这是一部浪漫主义小说，畅销不衰。还有根据这部小说拍了的一部同名电影呢，还不错的。"

"哦？你对文学有研究？"娟问。

"哪里谈得上研究？只是比你早看了而已。你那晚借了这本书，我才提起这话题呢。好了，不打扰了，有机会也欢迎你到我办公室来坐坐。"李冬起身告辞，见她没主动伸手握手的意思，自己也就没向她伸手了。

娟送他到办公室门口。李冬幽默地说："送客止步。对了，如果你喜欢看书，我家有三毛整套的，我觉得她写得很洒脱，很不错，你随时可以来借。"

"好的，先谢谢了。"娟客气地回答道。

李冬第三次见到娟是一周后的周六下午。那天，李冬和夫人一起带着三岁女儿逛公园，发现娟一个人坐在一处椅子上盯着前面的永安溪发呆，以至于李冬一家三口走到她面前了她还没有觉察。李冬主动向她打招呼，并将自己的妻子、女儿向她做了介绍，女儿叫了一声甜甜的"阿姨",娟才说:"好可爱的小天使哟!"短暂说了几句话,李冬和妻子、女儿继续走了。

走远后,李冬轻轻对妻子说:"我感到有点奇怪。""什么奇怪?""我见到她三四次了,她总是这么一个发型,天天新娘一样。"妻子笑笑说:"我不也天天一个发型吗?你怎么就不奇怪呢?"李冬说:"这怎么会一样呢?她的发型明显是要做的呀。"

随着时间的推移、见面次数的增多,李冬心里的疑团越来越大。半年多了,不管什么时候见到娟,她总是这么一个不变的发型。终于有一次见到小老王时,李冬忍不住向他提起心中的疑团。

小老王听后叹了口气,沉默好一会儿,幽幽地说:"你还不知道吗?她爱人是公安的,英俊的小伙子。两年前,他们结婚。婚假还未满,她爱人接到紧急命令归队,在一次执行缉捕行动中,不幸……唉!两年多了,她还走不出这个阴影啊!她曾和我说过,她爱人留给她的最后一句话是:'你这个发型真漂亮!'"

我是你的新娘

"阿娟,该去化妆了。"门外传来父母亲的催促声。

"哦!知道了。"阿娟坐在梳妆台前回答了一声,目光仍盯着镜子里自己的发型:刘海蓬松,长长的头发在头顶绾了个结,耳鬓一绺发丝卷曲下垂,整个发型充满朝气和青春活力。但这发型与她略显憔悴的面容不大相称。她试图让自己挤出一丝新婚的快乐笑容,却发现很不自然,比哭还难看。

阿娟从墙上取下一帧结婚照:自己正满脸幸福依偎在一个英俊的小伙子身边。

"三年了……三年没有笑过了,我都不会笑了。阿伟还记得吗?三年前的8月1日,是我和你的结婚日子,可是第三天早上,你接到紧急归队的命令。我说婚假还没结束呢。你说你是警察,必须服从命令。你紧紧抱着我,在我的耳边轻轻地说:'老婆,你这发型真漂亮!'谁知道,这就是你留给我的最后一句话啊!

阿伟,你知道吗?就因为你这一句话,这三年我一直保持着这一发型。别人怎么说怎么看都不要紧,要紧的是,这是你喜欢的发型。

这三年全亏有你亲如兄弟的建军帮助我,没有他,我不知道自己是否还能活到今天……建军等了我三年了，他和你一样爱我……有时我觉得他就是你。你走了，可我还得继续生活下去，你会为我高兴吗？"

想着想着，阿娟眼眶又一阵发热。她静静地让自己的眼泪流个够。这或许是最后一次为阿伟流泪。她想，如果阿伟地下有知，也绝不会希望看到她常常以泪洗面、日日郁郁寡欢的。

阿娟慢慢地将泪水擦干，转身打开一只皮箱，将这张结婚照深深地埋到箱底。她知道，今后也许再也不会打开这只箱子了。

阿娟被闺密簇拥着走进一家熟悉的美发店，老板娘立即笑着迎了上来。闺密叽叽喳喳地向老板娘说："你可得仔细一点了，要把新娘打扮得最漂亮。"老板娘眉开眼笑地说："姑娘们请稍休息，阿娟一直在我店里做发型，我心里有数。"边说边忙活起来。

这三年，阿娟每两个星期来做一次发型，三年都是同一个发型，做了无数次了，老板娘闭着眼睛也能做好。

阿娟木然地听由老板娘摆布，心里却想着自己的心事：一样的日子、一样的地点、一样的老板娘和自己，做着一样的发型……

一样的发型？阿娟心里突然一惊，发现老板娘差不多快要做好了。她急忙说："换个发型吧，不要盘发了。给我烫直，再稍加点装饰……"

"啊？这个发型不是很好看吗？"

"换了吧。"没有商量余地的口吻。

"好的好的。"老板娘马上答应道。

阿娟的手机欢快地响了。她一看，是建军打来的。

"司仪在问婚戒在哪儿？"

"哦，在我这里，我正在化妆。"

"我知道你在哪儿，我过来拿。"

不久，建军推门而入。见老板娘将盘结在阿娟头顶的头发又退下，问阿娟也问老板娘道："怎么又重做？这个发型不是很好吗？"

老板娘说："阿娟说要换个发型……"

"不用不用，这个发型挺漂亮的。"建军说。

阿娟把建军叫到一边轻轻地说："我不能再做这个发型了，你懂的……"

建军微笑着说："傻瓜，这又有什么关系？"

"可……"阿娟还想说什么，建军说："时间来不及了，就照原来的发型做吧！"

"不行，换！"阿娟说。

"不用换。"建军说。

老板娘左右为难。

阿娟坐在转椅上默然无语，鼻子忍不住发酸。

"你不答应，我就在这里守着你做好为止。"建军一边说一边将又响起的手机看也不看就拒接了。

"好吧。那边催你，你先过去，我化好妆马上过来。"阿娟让步说。

"这还差不多。"建军缓和了口气说，"就这么定了。我先过去了……"

十分钟过去了，阿娟还没到……

二十分钟过去了，阿娟还没到……

就在婚礼要正式开始前，阿娟给建军来电话说到了。

开心无价

　　当阿娟披着洁白的婚纱和父亲出现在红地毯的那端,当司仪让建军过去迎接新娘时,建军惊讶得张大了嘴巴:只见新娘头戴皇冠水钻发饰,发饰下衬一圈小鲜花花环,一袭洁白薄纱披背而下,透过那薄纱,真真切切看到的是一头黑发笔直垂下,新娘身穿粉红连衣裙,恰似一朵出水芙蓉,亭亭玉立,楚楚动人,娇羞的脸庞溢满微笑,清澈的双眸专注地看着自己。
　　当阿娟的父亲将女儿的手郑重交到建军的手里时,建军忍不住一把拥住阿娟,在她耳边轻声说:"傻瓜呀,你何必呢?"
　　阿娟也在建军的耳边轻轻地说:"因为,我是你的新娘!"
　　阿娟挽着建军的手,在亲友们热烈的掌声中,相依相偎,慢慢向前走去……

神 龛 逸 事

爷爷坐在竹椅子上吧嗒吧嗒专心致志地抽他的旱烟,很少搭腔;奶奶斜坐在床沿边伤心边唠叨说我爹妈怎么变得不孝了;我爹左右为难地拼命搓手来回乱走不知如何是好;我妈雪白漂亮的脸上满是坚决的神色,就跟法官在法庭上驳得嫌疑人哑口无言抱着看你还有什么话可说的心理时所特有的神色一样,不过此时她也没说话,只拿眼睛瞧着大家。只有我这个好奇的小屁孩莫名其妙地看看这个又看看那个,觉得挺好玩的却又不敢玩。因为我已有经验了,在这样的场合玩就等于讨柴吃,爹妈会抢着在我的屁股上锻炼臂力的。

我不知道那墩老得早就应该放到陈列馆而错放在我家拥挤的厨房里的灶台是什么时候砌的,只晓得那是我爷爷最得意的杰作,是炫耀的资本。我奶奶一直赞不绝口夸这灶台好,省柴通烟不呛人火头旺烧出的饭菜特别香,这都全靠灶台上方那神龛里的灶神的保佑。

邻里乡亲谁家造了新房、娶了媳妇、自立门户要砌灶台的,没有一家不来请我爷爷的。前些年我家还是门庭若市的,今天东家明天西家后天这村大后天那村,爷爷的日程排得满满的,就跟当下走

开心无价

红的歌星一样。但近来却渐渐地"门前冷落车马稀"了，这绝非只因我爷爷年纪大了。这不，连自家的据说用了三四十年的让我爷爷凭此出名的灶台，我爹妈竟说要彻底推翻铲除呢。

事情经过大致是这样的：我爹妈都在单位里工作，下班回家烧饭的时间往往比上班的时间还要紧张，尤其是中午匆忙得就和再过一分钟天就要塌下来差不多，再说买柴弄草的也挺麻烦而且污染也严重，所以我妈就买了台煤气灶，那只跟在边上的煤气钢瓶跟我在医院里曾见到过的氧气瓶样式差不多只不过粗了点、矮了点。只见我妈这么一旋一转，蓝蓝的火苗就"呼"一下往上蹿，挺快挺方便的，而且小巧玲珑，想搬到哪儿就可以搬到哪儿，不像我爷爷的杰作一动也不能动，要动就得彻底动。

那套灶具刚买到家的时候，我爷爷和奶奶眯着老花眼像看西洋镜一般着实看了老半天。有一次在我奶奶鼻尖几乎要碰到灶具的关键时刻，手不知怎么转动打开了开关，蓝蓝的火苗就毫不客气地在她的脸颊上狠狠亲了一下，她惊叫一声差点吓昏过去，差点把最后一批珍贵的白发都贡献出来，把我爷爷也吓了一大跳。看着呼呼的火苗却不知怎么灭掉，最后还是我爷爷聪明用一脸盆的水一下子全给浇灭了。而等我妈妈回来时，我爷爷奶奶差不多都要煤气中毒昏过去了。从此之后我爷爷奶奶就坚决反对用这新玩意，说还是老灶台好用了几十年从没出现过这样的吓人事件，说老灶台烧的饭菜就是比煤气灶烧出来的要香要好吃得多因为它是柴火烧的。

奶奶坚持不用新玩意另有一个重要的原因就是那神龛中的灶神，那尊蹲在灶台上方整天监视我们吃饭的由于一天三次烟熏尘染已黑得像来自非洲只有到年关才能露出雪白肌肤的瓷质灶神菩萨。如果用了新玩意那么灶墩就要彻底铲除了，灶台完蛋了那神龛也必将被驱逐出厨房遭到流放了……这对于奶奶来说是一件想都不敢想的可怕的事情。几年前村里起过一场大火而我家没有受到丝毫牵连，奶奶"阿弥陀佛"了半天才说这也全亏了灶神菩萨的保佑。

爷爷不吭声倒不是为了那尊小小的泥巴而是为了那墩大大的泥巴。想当年砌这灶台时正值隆冬腊月，别人裹着棉袄在烤火而他硬是赤脚赤臂地在泥浆里搅得欢，看着身边我的奶奶便一点也不觉得冷。因为我爷爷的师傅说天寒地冻季节砌的灶台最好。每当灶膛里火苗旺旺上蹿时他就觉得当年的寒冷没白挨。

如今儿子媳妇要彻底推翻它，这不是对老人的全盘否定吗？所以立即召开家庭全体成员会议对关系到今后生活方式的大问题做出决定。

我妈说煤气灶省时、省柴、省钱、省地方，又安全又方便又清洁。奶奶说那玩意儿不如泥灶台安全，买煤气还花钱，空闲时多搞搞卫生不就干净了吗？何况这灶台为我们服务了这许多年怎能喜新厌旧一把扒了呢？何况还有这形影相随保佑了我们这么多年的灶神菩萨呢？废了就是不敬不孝啊！爷爷肯定在心里还补上了一条理由：何况这是我骄傲多年的资本呢！

最后还是爹搓手搓出了两全其美的主意：将煤气灶放在旧灶台上，神龛依旧。

这样过了一段时间。有一回我妈搬动了煤气灶，那神龛就不能面对铁锅了，这使我奶奶生了一场不大不小刚好足以让我妈马上将煤气灶搬回原处的气，似乎那灶神菩萨不面对菜锅就会饿坏而这在我奶奶想来就是罪过就是对神的不敬了。

后来奶奶走了，是神龛里的灶神菩萨看着她保佑着她走的。后来我爹就拿下了那神龛。我记得曾跟爷爷一起还玩过一段时间。再

开心无价

后来我就忘了它到哪儿了而且一直也没有再想起它，直到我爷爷也随我奶奶走的时候我从他的怀里又看到这尊一尘不染的灶神。我想奶奶年轻时的肌肤肯定也是这么雪白的。我清晰地记得我爹妈神色庄重地将它放在我爷爷的身旁。

我爷爷走的时候那墩灶台已荡然无存了。我爷爷到另外一个世界里去砌灶台了。有了这灶神在保佑，有奶奶在身旁，他砌的灶台一定会比煤气灶更省时、省钱、省地方，又安全又方便又清洁的！

夏 雨 滂 沱

中午时分，乌云密布，电闪雷鸣，夏雨滂沱。

正夹了一筷菜往嘴里送的妻子忽然说："爹娘今年的生活费怎么没来拿呢？忘了？"

我和妻子有个心照不宣的用词，说"爹娘"就是指生活在乡下的我的父母，说"爸妈"就是指生活在城里的她的父母。当初我俩结婚不久，我爹娘就提出要我们每季度给他俩一定的生活费。当时妻子心里有一丝不快：六十左右年纪，身体硬朗，尚能自食其力，而我俩都是工薪族，工资本就不高，又刚结婚，不久又要添小孩，怎么现在就要生活费呢？

我有一姐，早我五年成家，远嫁外地，每年只春节拜年来一回，平时只能寄点零花钱给爹娘。爹娘认为，嫁出去的女儿泼出去的水，给不给、给多少都不能强求，而对我这个唯一的儿子，是终生的依靠，要生活费是理所当然的。

妻子本是个知书达理之人，经我一说，也就释然。此后，娘会借进城送时令蔬菜之际取走生活费，逢年过节，我们再另外给些钱给他们零用。

"明天是周六，我们挤半天时间回家看看吧。"我说。

突然，一道刺眼的闪电划过，随即，一个惊雷在耳畔炸响。妻

开心无价

子扔了筷子急忙用手捂住耳朵。雨更大了。

匆匆吃完中饭，我们抓紧休息。朦胧中，电话响了。

"儿子……"电话中传来爹哽咽的声音。

我急忙问："爹，怎么了？"

"你……娘……死了。"

这怎么可能呢？我听错了吧？

"你……快来。"

我眼前一黑，定了定神，急忙叫起妻子。妻子夺过我手中的汽车钥匙："我来！"

我不知是怎样到老家的，好多村民围在我家门口。娘无声躺在门口的凉席上，头发湿漉漉的，衣裤显然是新换上的，两双手微握着拳。

我含泪问爹这究竟怎么回事！

爹哽咽着说："我们今年一直在挖草药，每个星期能攒三四十元，一个月也有百一二。今天上午，你娘将这星期挖好洗净晾干的草药拿到镇上卖给收购站，中午回家走近路过溪时，突然溪水暴涨，就被冲走了……身子是在下游几十米远的溪滩上发现的……还一手抓着背篓，一手攥着换来的三十五元钞票……"

"我们不是给你们生活费了吗？挖什么草药换什么钱啊？不够你们跟我说啊！"我吼道，"现在，值吗？"

爹嗫嚅好久，噙着泪水说："其实，你们给的钱我们全都存着。你娘说，你们买房钱正紧，就合计着挖些草药换钱。本想再换几次，连同你给的，凑齐两万，先给你们送过去的……"

我跪到娘的身边，一把抱起她的上身，凑到耳边，高声呼喊："娘！娘……你能听见吗？我不要你攒钱！我只要你活着呀……"

我和妻子泪水滂沱，一如中午那场夏雨……

迟来的表白

在征得双方家人同意之后,大家都退了出去,病房里只剩下他和她。

这是他今生最后一次机会,他必须好好把握。

他和她可谓是正宗的青梅竹马了。同村,同岁,他比她大六个月,从小学到高中又同班。随着年龄增加,两人之间互有好感,只是隔着一层薄薄纸,谁都没戳破。

他凝视着她雪白的脸庞和紧闭的眼睛,轻轻地拉着她的手,张了张嘴,却不知道该从哪儿说起,该怎么说。

六十多年啦,一幕幕往事仿佛就在昨天……

那是在高考前,她偷偷跟他说班里哪个男生与哪个女生好上了。他心里知道她在暗示什么。但想想她家的优越条件、自家的贫困拮据,他只有装傻,什么都没说。

"咱们都争取去北京读大学吧?"在填写志愿前她又暗地里和他说。他何曾不想啊?可是现实是她上了大学,他却名落孙山,只好回家务农。这不是天意吗?

她在大学期间写给他的每一封书信他全都收了,读了,藏了。不是他不知道她文字背后的意思,但想想她的前途、自己的命运,

开心无价

他信也不回，硬是将心中的话闷在肚子里。

毕业之后她不顾父母反对回到老家，他心里知道她是为了啥。她分配在一个最吃香的政府部门工作，而他是村里一个普通农民而已。想想她是天鹅、自己是癞蛤蟆，他更不敢说出心里的那句话了。

后来，她父母给她介绍对象，她背地里去问他的意见。他说："门当户对，挺好的，祝福你！"

除了这，他还能说什么呢？

她结婚了，他来喝她的喜酒，喝醉了，好在没出什么洋相。不久，他也找了一个农村的姑娘成家了，她也来喝他的喜酒。

故事似乎到此就可以结束了。后来，她当妈了再当外婆了。他也当爸了再当爷爷了。日子就这样平静地过去了。

他以为日子就会这样平静地走到尽头，将心里那些积满时光尘埃的话语踩死在心里。可当他得知她已昏迷不醒、不久人世的消息时，那些尘封多年的话语仿佛春季里的种子，全发了芽，势不可当。

他终于俯在她的床前，凝视着她雪白的脸庞和紧闭的眼睛，轻轻地拉着她的手，憋了半晌，说："无论如何，我得说出来，不然我下辈子都不得安宁。其实就一句：今生，迟了；来世，我会早说的。你先去等我。"

她仍然默默无语，眼角却涌出了两颗珍珠。

转天，她就安详地去了，享年八十四岁。

树

　　下了飞机，刚到接机大厅，李树叶便看见在迎客的人群中，有一个小伙子举着一块写有自己名字的牌子，尽管牌子上的字不是繁体字。

　　李树叶和妻子走到那小伙子跟前，未及开口，旁边有个年逾花甲的老妇人抢先说道：

　　"你就是树叶？"

　　李树叶呆了呆："你莫非就是……"

　　"叶弟啊，我是你姐姐树花呀！"

　　"姐？……姐！"六十多岁的李树叶放开妻子的手，竟像一个六岁的小孩，抱着姐激动得失态了，也不顾四周许多人在。

　　"亮亮、丽丽，来，快叫舅舅。"树花拉过手里拿着牌子的小伙子和旁边的一个姑娘。

　　抹去泪花，互相介绍认识，来不及细叙，亮亮和丽丽忙接过行李，叫了一辆的士，来到事先预订好的宾馆。放下行李，才有时间细叙。树叶问："树根小弟呢？他怎么没来？"

　　"他……他家里忙，抽不开身。"树花支吾道。

　　树叶沉默了一下，心里有些不快。树花急忙将话题转向别处。

开心无价

"四十多年啦……"树叶有些哽咽。

树叶是1949年前被国民党抓壮丁随军到台湾去的。去时，姐已嫁人，家里还有父母和一个弟弟。家里一直不知树叶的下落，还以为他早就不在人世了。直到20世纪60年代初，家里收到他费尽周折转过来的一封信，才知道他在台湾，还活着。这封信既是喜事又是坏事。不久后，就因为这封信，他的家人成为"里通外国的叛徒、特务"而受尽批斗折磨。他姐姐树花先后划了三次界限，才少受一些活罪。而他父母和弟弟就没那么便宜了。父亲含冤去世，临终时还在叫着树叶的名字，被造反派树为"死不悔改"的典型。弟弟树根也因为不写揭发材料被打折了右手。这些遭遇，树叶一直不知道，直到20世纪80年代海峡两岸通邮之后，他才从大陆的来信中知道，而此时，母亲也已去世。

"我对不起父母，对不起你们啊……"树叶内疚地说。

"嗨，还说这话干吗？都过去了，何况又不是你的错。"姐说。

树叶很感激姐姐的大度。他想弟弟一定是还记恨在心，不然，自己不来连儿子或女儿也不来？想到这里，树叶心里的不快又多了一分。他从包里拿出一条金项链给姐姐，又拿出一块女表给丽丽、一块男表给亮亮，说："这次来，也没带啥好东西，这点小礼可别嫌弃。"

树花忙说："弟弟你见外了，见到你就高兴了，还给我们什么礼呢？"一边说一边伸手接了过来。三人谢过，便迫不及待戴上了，嘴里一个劲地说漂亮。

接下来的三天，树花和亮亮、丽丽他们陪着树叶夫妇游玩了省城几个主要景点，费用都不是树叶掏的，他很是过意不去。当他得知姐姐家里的还是一台黑白电视机而亮亮又说省城卖得便宜时，树叶执意为姐姐买了一台二十九英寸的大彩电。

有一个晚上，树花对树叶妻子手上戴的戒指赞不绝口。树叶对妻子使了个眼色，她便摘了下来，说："姐姐若是喜欢，就送给你吧。"馋得丽丽不得了。

第四天，大家租了一辆车子返回故乡，一到小县城，又在丽丽和亮亮家逗留了许多天。他们带着舅舅和舅妈又游玩了本县的几处景点，逛了几家大商场。做舅舅的又给外甥和外甥女以及他们的孩子买了不少见面礼。

不知不觉一个星期了，树叶仍然不见弟弟树根家来半个影子，心里原先的那些不快就转为生气了。他想：你受苦要说我有缘故也对，要说不是我缘故也没错。都四十多年没见面了，我千里迢迢过来，你不去机场接我也罢，我到了你门前你都不来瞧一眼吗？

因为心里有了这块疙瘩，树叶这些天来一直不太开心。最后，他将台湾带来几件原来打算送给弟弟一家的礼物，也拿出来分给了树花及外甥亮亮。

就在返回的前一天，树叶思来想去，觉得既然回到了故乡，不管怎样，四十多年未见的老屋，还是要去看一看的，四十多年未上的祖坟，还是要去祭一祭的。

老屋在一个离县城二十五公里的交通十分不便的山村里。祖坟就在老屋的后头。坟前有一棵大李树。当年父母就是根据这棵李树给三个儿女取的名。

出发前，姐姐树花借口年纪大、爬不上山岭而没去。亮亮和丽丽也因为单位工作忙不能再请假而失陪，只让亮亮的儿子和丽丽的丈夫陪着树叶夫妇前往。

脚下的山路、两旁的山坡，依稀还能辨认得出当年的影子。

开心无价

　　不知是体力不支还是近乡情怯，树叶越走越慢，以至于丽丽的丈夫都催得不好意思了。
　　就在一处山道的拐弯处，树叶他们遇见一个人正挑着一担尿，挂在路中休息。由于山路窄，他们走不过。树叶听见丽丽的丈夫在跟那人说些什么。仔细一看，那人的右手是残的。再看看那人的脸，树叶的心脏一阵剧跳，莫非……莫非……
　　那人将目光从丽丽丈夫身上移到树叶的脸上，呆了呆，不相信地、试探地问："你……你是……树叶？"
　　"你就是树根？"
　　"哥哥？……哥啊！"树根"扑通"一声扔掉担子，一把抱住树叶。
　　"根弟。"树叶也一把抱住弟弟，"没想到在这里遇到你。"树叶想起这么多天弟弟不来见一面，便这么说道。
　　树根说："你什么时候来的？怎么不说一声？"
　　"什么？"树叶大吃一惊，"我不是事先有打电报来，叫姐姐告诉你吗？"
　　"没有呀，我根本不知道啊。"
　　树叶傻了，他忽然明白了什么。
　　"快到家里坐坐。"树根拉着哥哥的手急忙往村里走。
　　后来在祖坟前，树叶发现原来那棵李树只剩下一棵枯死的树干。
　　树根告诉哥哥，这棵李树在母亲去世后，就渐渐枯死了……

叫我怎么不歌唱

2014年元旦前夕。因为这是一个具有历史意义的时间，我不得不将它注明。

这天下午我下班回到三楼的家里，才发现居然比妻子早回家。我不是赖她做饭，父母早已做好晚饭在等我们。我是觉得有点意外——平时都是妻子比我早到家一步的。

我正呆立在门口想问父母，忽然从底层飘上来一阵轻快的歌声，轻快的脚步噌噌噌地上到三楼，飘过呆立在门口的我的身边。抑制不住的喜悦之情洋溢在妻子的脸上。反常的表情倒让我满心狐疑："啥事这么开心？路上捡到金元宝了？"

妻子意味深长地看了我一眼："嘿嘿，不是，但比捡到金元宝更让我开心。"

"你们单位提前放假了？"

"嘿嘿，不是，比提前放假更让我开心。"

"究竟啥事让你这么开心？别老'嘿嘿'了，你越'嘿嘿'我越'毛骨悚然'啊！"

"嘿嘿，有你'毛骨悚然'的时候。太阳啊霞光万道，雄鹰啊展翅飞翔。高原春光无限好，叫我怎能不歌唱……"

开心无价

　　妻子边哼着小曲边进了家门，恰在此时，父母异口同声地说："你们俩还不饿吗？吃饭啦！"

　　这一餐，我看妻子吃得比任何一餐都香甜。

　　吃过晚饭，我忍不住好奇，问妻子："啥事高兴？可以说了吗？"

　　妻子笑眯眯地从包里掏出一张纸，不怀好意、一脸坏笑地摔给我："自己看去！"

　　我一看，也乐了："就这，就让你高兴成这样了？网上的事你也信？"

　　"嘿嘿，你不信？等着瞧。"

　　妻子立马打开电视，正是中央台《新闻联播》，这是我们每天必看的内容。

　　忽然，女播音员用甜美、圆润、标准的普通话播报："近日，中共中央办公厅、国务院办公厅印发了《关于领导干部带头在公共场所禁烟有关事项的通知》……"

　　"看到了没？看到了没？"妻子在一串"哈哈"之后又哼起小曲，边哼边走向阳台，"救星就是共产党，翻身农奴把歌唱，幸福的歌声传四方……"

　　我呆若木鸡。

　　"各级党政机关要加强监督检查，对违反规定在公共场所吸烟的领导干部，要给予批评教育，造成恶劣影响的，要依纪依法严肃处理。"播音员话音刚落，妻子从阳台进来了："什么工作需要啦，什么应酬需要啦，什么与群众拉近距离需要啦，这回都不需要了吧？你还有什么理由不戒？"

　　"我，我，我……"我结巴得说不出话来。

"好，应该戒！"父母也异口同声说，"为了你自己的身体，为了大家的健康，应该戒啊！"

我早已觉得吸烟的人如过街老鼠，处处讨人厌恶，也曾想戒，可三十多年形成的习惯，怎么一下就能戒掉啊？

"吸毒的人尚能戒掉，何况你这一点烟瘾呢？只要你有决心，就肯定能做到！"妻子盯着我说，目光中充满期待和希望。

我无意识地将手伸入口袋，碰到烟盒，颤抖了一下，仿佛碰到了炸弹。我缩了回来，苦笑了一下，郑重地点了点头。

"高原春光无限好，叫我怎能不歌唱，高原春光无限好，叫我怎能不歌唱……"妻子又开心地唱道。

这一晚，妻子比新婚之夜还温存。

开心无价

成　长

　　今年 8 月末，天气格外热。我又带孙子来到山乡一亲戚的民宿找凉快。傍晚和亲戚闲聊，无意之中说起今天竟然是农历七月初七。我急忙对孙子道："还记得我给你讲的神话故事《牛郎织女》吗？今晚正是牛郎、织女一年一度相会的日子，咱们去瞧瞧？"

　　谁知十一岁的孙子手握手机，头也不抬地说："不去。神话传说都是骗人的。"

　　我有点不悦，说："怎么能说是骗人呢？当年你不听得津津有味吗？"

　　孙子转头瞅了我一下，说："爷爷，您长这么大，看见牛郎、织女相会过吗？天上根本就没有牛郎、织女两人，也没有玉帝、王母。牛郎星、织女星是太阳系外的恒星，它们都比太阳要巨大得多，它们之间相距约有十六点四光年。"

　　他扬了一下手机，说："就是说，在牛郎星上用现在最先进的手机给织女星上的人打电话，在织女星听到铃声响就得花十六年多的时间，在织女星上说一声'你好'，在牛郎星又得花十六年多时间才能听到呢！"

　　我既惊讶又赞许地说："不错，有长进。谁告诉你的？"

"爸爸、妈妈、老师、书，还有这。"他又扬了扬手机说。

"你不去我去。"我说。

我独自一人来到阳台，躺在躺椅上，仰望深邃的星空。我知道，原来那个调皮可爱、充满童趣的小孙子，开始长大了。

那是六年前，也是在一个晴朗的仲夏周末，我带他到这里休闲。那时的他，正是"征集"十万个为什么的年龄。晚饭后，空旷寂静的山野凉风习习，高远深邃的夜空星月皎洁。躺在天井的竹床上，我有一搭没一搭地摇着蒲扇，想起自己小时在老家夏夜乘凉的情景。小孙子手脚一刻不闲。我嫌他太闹，想让他早点睡，他却非得让我先给他讲个故事。

我抬头瞧瞧头顶长长的银河，就给他讲神话故事《牛郎织女》。

我指向天空问："看到天上那条白白的、长长的银河了吗？"

"看到了。那白白的就是河水吗？哦，我知道了，天上下的雨就是从这河里来的吧？"

我轻抚了一下他的头说："真聪明。你顺爷爷的手指看，那有三颗在一条直线上的星星，中间那颗亮一点的。看到了吗？"

经过多次的纠正，他终于找到了。

我说："这就是牛郎星，两边那两颗暗一点的就是他的儿子和女儿。我们再看在河对面有一颗很亮、边上有四颗像织布的梭子的星星。找到了吗？"

"什么是梭子呀？爷爷。"

"梭子呀，是两头尖尖、中间鼓起的织布工具。把棉丝缠在中间，在织布机上来回穿梭，就能织出做衣服的棉布了。"

"爷爷您什么时候教我织布玩好吗？"

我突然发现自己被他牵了鼻子，说："你不听故事了吗？再打

开心无价

岔爷爷不说了哦。先找织女星。"

然后，我把家喻户晓的牛郎与织女的故事说了一遍。从牛郎和金牛怎么被贬下凡到织女怎么和牛郎成家，从织女怎么被押回天庭到牛郎怎么挑着儿女追赶，从王母怎么划出银河阻隔到七月七怎么鹊桥相会……小孙子听得入了神，睁着一双大眼睛问："王母娘娘怎么这么坏呢？牛郎一家好可怜哦。"

我为他善良的心地和能明辨好坏而高兴。

回到城里后，他忙他的功课，我做我的事，早就把牛郎、织女晾一边去了。今晚本想把神话背后的科学真相告诉他，以为他会和原来一样听得入迷的，没想到他早已知道了，或许他比我知道得更多呢！

我正在感叹，小孙子来到了阳台，拉过一把椅子，在我边上坐下，问："爷爷，您在想什么？"

我抬手抚了一下他的小脑瓜，说："在想你说的话呢。你说神话传说都是骗人的，有一定道理，但又不全对。每一个神话故事虽说是虚构的，但都有其意义在里边。就像国外的'圣诞老人'，哪有穿红衣服戴红帽子的白胡子老人，在大雪天驾着铃儿响叮当的雪橇从烟囱进来送礼物的？但它给孩子们一种美好的期待和快乐。牛郎、织女的故事，反映了人们对幸福生活的一种向往和追求，给人精神上一种满足。"

我顿了顿又说："宇宙太大了，有无数我们能看见的、看不见的星球。那些星球上有没有像地球上的人在生存？他们比我们聪明还是愚蠢？有什么矿藏？有没有适合我们人类居住的星球？……"

"爷爷，我刚才正在看中国天问一号火星探测器相关消息呢。今年7月，阿联酋希望号、中国天问一号、美国毅力号三个火星探测器先后发射。天问一号成功软着陆之后将会释放火星车，对火星的大气、土壤进行探测，同时寻找水资源的存在。目前人类已知的星球中，火星是和地球类似度最高的。或许将来咱们能住火星上去？"

他突然停了一下，说："对，有了。"起身就往室内跑去。我知道他来灵感了，他还有一篇暑假作文要写呢。

等他再来时，我会说："孩子，我们不仅要学会欣赏神话传说的精神审美，还要用严谨科学的态度去探索更多的奥秘。"我还会告诉他，1969年7月美国宇航员阿姆斯特朗在月球那荒凉而沉寂的土地上，第一次印上人类的脚印时说的那句话——"这是我个人迈出的一小步，但却是人类迈出的一大步。"

开心无价

老牛握手

老牛不老,也不姓牛。他喜欢握手。

他生于20世纪50年代初乐安镇有名的石匠世家。初中毕业时,适逢"文革"。他父亲为了求个安稳,就让他在家跟自己一起打石头。他身材魁梧,五大三粗,臂力过人,豪爽耿直,喜交朋友。村里也不知是谁第一个说他像《说岳全传》里的牛皋,加上他力大如牛,大家便跟着"老牛""老牛"叫开了,而他当时刚二十出头。

老牛喜欢握手。因为手力大,他常在握手中占据上风,得到乐趣。他最讨厌敷衍性的握手。如果对方不使一点力,纯粹是在敷衍,他就会略用力,让对方龇牙咧嘴、痛得想抽又抽不出手,然后才哈哈大笑放开,仿佛给了对方一个教训。当遇见自己喜欢的、同样豪放的、手力也大的人时,双方就如武林高手拼内功过招,他指力加一点,对方也加一点,他再加一点,对方也再加一点。表面如常的两手相握,实则暗流激荡,电光火石之间,已过两三招了,直到两人都用尽内力、手指都疼了,才上下摇晃两下,然后相视哈哈大笑,啥都不用说,便成好朋友。

老牛这样握手,也有闹得不愉快的时候。有一回,一位年龄与他差不多的小伙子与老牛握手时，认为老牛这样是在欺负他，就与老牛吵了起来，差点儿打起来。

但他的媳妇，却是他握手时相中的。

那次，一位初中女同学和一位女伴一起赶集路过老牛家。出于礼貌，老牛主动伸手与两位姑娘握手。他的女同学，盈盈小手，柔若无骨。老牛根本没用力，她便"啊哟啊哟"叫起来。老牛哈哈一笑，立即放了手，伸向另一位美女。两手相握时，老牛发现她居然比自己有力，瞬即加大力度，谁知那姑娘也不示弱。老牛知道遇见高手了，急忙松手。这样的女孩，他还是第一次遇见。他惊讶地问女同学："这位是……"

女同学知道老牛碰钉了，幸灾乐祸地说："怎样？没我好欺负吧？我表妹，也是我贴身保镖，高二花，生在武术世家，要不要过几招？"

老牛哈哈大笑道："原来是女中豪杰，失敬失敬！"

自此，老牛便相中了高二花。他觉得以后过日子，就得要挑一个有力气、有能耐的女子。

可当时的二花，对老牛谈不上不喜欢也谈不上讨厌而已。

说来也是碰巧。老牛最敬重的周老师，在镇中学任中学副校长兼教数学，因有远房亲戚于1949年前去了台湾，被"造反派"关进了牛棚。老牛得知后，牛脾气上来。经事先踩点，趁一个黑夜，打着手电筒，独自一人悄悄来到关周老师的地方。看守见有异常，马上披衣出来，还没看清是谁就被揍得哀号声声，附近的居民却没一个出来。老牛几脚就踹开锁着的门，背着周老师便走。周老师说："你闯祸了，他们不会放过我们的。"老牛说："与其让他们折磨死，不如拼一拼。"老牛走得快，周老师也想得快，他和老牛说：

"事到如今，只能逃一步算一步了。"他让老牛将自己先放在一角落，脱下脚上的鞋子给老牛，让老牛拿着鞋到家里找师母一起出门躲避风头。老牛知道周老师的家，周师母看到丈夫的鞋，抓了几件衣服，就和老牛一起来到周老师那儿。周老师说："先到我妹妹家再做打算吧。"他妹妹嫁在一个小山村，离乐安镇有二十多里路。老牛硬是背着周老师走了一晚上，天际发白时，到了周老师妹妹家——正是高二花家。二花老爹双手握拳咯咯作响说："你们就在我家待着，看小兔崽子谁敢来。来一个收拾一个，来两个收拾一双。"

经过一年多的追求，在周老师的撮合和女同学的美言下，老牛最终把二花娶回了家。

成家后的老牛，握手的习惯依然不改。二花多次劝他不能自恃力大欺人，老牛听了哈哈大笑，不以为意。

改革开放后，老牛和二花一合计，开了个石材加工厂。有一回，有笔生意谈得差不多了，却因老牛握手握没了，二花一怒之下要和他握个"痛快"，老牛才有所收敛。

20世纪90年代初，为让老牛成为一个有气质的老总，把企业做强做大，二花带他到省城参加了一期人际交往礼仪知识培训。他恍然大悟，原来中国人见面，男的都是拱手作揖，女的都是道万福的。握手礼仪是从西方传来的。他也知道了现在社会上，握手的次序、力度、走路的先后、步幅、座位的次序、坐姿，都是很有讲究的。

老师说："世事洞明皆学问，人情练达即文章。"老牛觉得老师用短短一句话，说出了自己无数的话语。他对二花说："我晓得怎么握手了。"

二花看着他，意味深长地笑道："想再如从前握手，找我！"

不了不了

  吴文华是唱着《学习雷锋好榜样》的歌长大的。上中学前，他没少做好人好事，是老师口中的好学生、家长口中的好孩子。

  长大后，吴文华师范毕业，成了一名乡镇小学教师，和一位在企业工作的女孩结了婚。这妻子也是他做好事做来的。20世纪80年代末的一天，他下班途中，发现有位满脸痛苦的中年妇女坐在路边，他关心地问她怎么了。那妇女话也说不出，拼了命说了两个字："医院！"他急忙用自己的摩托车送她到十里外的县医院，帮她挂了号，垫了部分住院费，等她住下后，才问她家里住址。那时固定电话还没普及，他就边问路边赶，到她家中通知她家人。这妇人后来就成了他的丈母娘。

  儿子五岁那年寒假，他在集市上发现有个小偷正在掏一位农村来的中年人的衣兜。他大喊一声："抓小偷！"那小偷吓了一跳，拔腿就跑。他追了一会儿，没追上。等他回家时，却在半路上被四个跟踪的小青年莫名其妙狠狠揍了一顿，还边揍边说："给你点奖赏。"回到家，妻子见他一副狼狈相，惊讶地问："怎么了？和谁打架了？"当知道原委后，她心疼地说："谁让你多管闲事了？下次还会管吗？"

开心无价

　　"不了不了。"吴文华立马笑脸答道。可妻子一转身，他跟儿子说："抓小偷怎么是管'闲事'呢？坏人就是要抓。"

　　儿子十岁那年秋天，吴文华下班途中又见一位老妇人倒在路上。他想都没想，急忙停下摩托车，过去扶那老妇人。不料那老妇人硬说是吴文华撞伤了她，要他赔偿。吴文华心里那个气呀。最后，这事闹到法院，那时没有监控也没有证人，法院以没有足够的有效证据证明不是吴文华撞的为由，判吴文华赔偿各项费用共计一万多元。他妻子恨恨地说："谁让你多管闲事了？下次还会管吗？"

　　"不了不了。"吴文华立马苦着脸答道。可妻子一转身，他跟儿子说："万一那人有生命危险呢？做人总不能见死不救啊！"

　　儿子十五岁那年暑假，在一个闷热的下午，吴文华带儿子到五公里外的河里去游泳。因为那条河水质非常好，每年夏天，常有许多人不远数十公里，驾车到那里游泳，河中人满为患。为了避开高峰，他们特地去得早些。那里已有十多人在游了。

　　文华和儿子正游得开心，忽听见有人惊慌失措地在叫："救命啊，救命啊！"只见十多米开外的深水区，有一个与儿子年龄不差上下的小伙子在扑腾，一沉一浮。吴文华对儿子喊了声："你别过来！"自己奋力向那儿快速游去。一阵激烈的水花过后，两人都没了影子……

　　就在这千钧一发之际，一个身影如箭般，向那处深水区射去，转眼也不见了影子。过了数十秒钟，只见那位大叔拖上两个肚子鼓鼓的、抱在一起的人来。众人见了，立即过来帮助。那位大叔掰开文华和小伙的手，立即叫一个高个子年轻人跟他一样做，救人，让边上的人协助：抬起溺水者的双腿，背身把腿腕（小腿近侧端）挂在自己的双肩上，将溺水者倒背起来，然后向前弯腰，将溺水者仰面顶起。顶了两三下，肚里的水就哗哗吐了出来。见仍无意识，立即让溺水者躺平对其进行心肺复苏。幸亏抢救及时，一个周期未做完，两人都"嗯"出声了，血色也渐渐回到了他们的脸上。现场一片掌声。

两人稍躺一会儿后，才坐了起来。吴文华翻身要向那位救命恩人跪谢，那位大叔这才认出吴文华，一把抓着文华的手说："原来是你呀！你才是我的恩人呢！"

吴文华蒙了。

那位大叔说："还记得十年前，在集市上，你喊抓小偷吗？"

吴文华恍然大悟。

原来这位大叔家就在这溪边，他常年捕鱼，水性十分了得。十年前他妻子住院要动手术，他回家东拼西凑借了一万元钱，在集市上差一点被偷了。

"要不是你那一声喊，我老婆也会没命了，我家也就完了。十年了，没再见着你，不想今天却在这里见到了。这真是好人有好报呐！"

吴文华和儿子回到家，他妻子听儿子说了这一经过，吓得脸都青了，抹着泪说："你要是有个三长两短，你让我们娘儿俩怎么活？你说，谁让你多管闲事了？下次还会管吗？"

"不了不了。"吴文华立马笑着答应。可妻子一转身，他跟儿子说："救人怎么是'闲事'呢？做人怎能见死不救呢？"

开心无价

往左还是往右

已过"知天命"年龄的老陈,近来越来越觉得自己不但对天命一无所知,连日常琐事的选择都无所适从了。从不信星座的他听人说"十二星座中,天秤座的人最优柔寡断,是纠结星人;巨蟹座的人最磨磨叽叽,有选择困难症;双鱼座的人也难以爽快",便特地去查了查,发现自己并不是这三星座的。

这天晚饭后,他走到小区门口时,就不知该往左还是往右了。小区门口是一条横路,路对面便是溪岸,岸边有健身绿道,道旁有供休憩的排椅。

下午他接到县书法家协会的通知,让他晚上参加在文化宫举办的一个书法讲座。老陈业余爱好书法,加入了省书协。他答应了。可下班时,他又接到一位有四十多年交情的"老铁"的电话,说是好久没聚了,让老陈晚饭后到他家打牌娱乐一下。老陈说晚上要参加一个书法讲座。话没说完,那老铁在电话里嚷道:"你都听了四十多年了,少一次又咋了?都半百多的人了,该好好享受轻松的生活了,别给自己太大压力,来吧,来吧。"老陈迟疑地说:"再说再说。"

现在,站在小区门口,往左,去文化宫;往右,去"老铁"

家。他的脚不知该朝哪边走。愣了许久，他竟穿过横路，来到溪边，坐在椅子上。他抬头望天，初秋的天空深邃开阔，有朵晚饭前就在那儿的白云，依然踯躅在头顶，仿佛它也不知该往哪儿去似的。他想静静，想好好想想，可越想越乱、越乱越烦，心里便像生了病似的。这时"老铁"又来电话催了。老陈说："身体不舒服，讲座不去了，你家也不来了。"

呆坐了一会儿，老陈觉得脑子非但没清晰反而更糊涂了，仿佛吸进嘴里的香烟全都跑到脑袋里去了，一团云里雾里。老陈摇了摇头，掉头回家。

进了家门，他站在门口发呆，不知往左还是往右。往左，客厅，看电视；往右，餐厅，帮老伴干活。老伴好奇地问："愣在门口干啥？"他说："不干啥。"随后直走，进了书房，打开电脑。

电脑桌面出来后，老陈手里操控的鼠标又不知该往左还是往右移动。往左，书法QQ群、书法微信平台、书法电子书；往右，各类让人爱不释手的电子游戏，有大型的也有小型的。光标在桌面上游移了一会儿，最后点开了新闻网站。他看了一会儿修身养性的鸡汤，觉得索然无味，又关了。

老陈觉得头真有点疼，便潦草地洗漱了一下，往床上爬，一刹那，有种错觉，仿佛自己是一条受了伤无以安慰、黯然爬回窝里的狗。老伴再次好奇地问："今晚怎么这么早就上床了？"老陈想回答，想想又懒得说，默默躺下。

老伴以为他想她了，便也洗漱了上床，却又发现气氛有点不对，关心地问道："咋了？哪儿不舒服？"

老陈只吐了一个字："没。"他双眼望着顶灯发愣。他想翻一下身，却不知该往左还是往右。往左，面对老伴，可他真提不起兴趣，又不想让她误会；往右，冷冷地背对老伴，他同样不想让她误会。他就这样仰躺着，眼望天花板。

老伴说："闺女来电话说她怀孕了。她和女婿商议了，让我再过半年就办了内退去照顾她和宝宝，还说让我们早做打算，等你也退休了，就让我们都搬过去跟他们一起过，方便相互照顾。"

这个独生女儿是老陈和老伴的命根子。可女儿大了，这命根子眼睁睁被另一个男人牵走了，远在几千里之外的一座大城市。他去过一回就不想再去了，那里太嘈杂太拥挤太不习惯，根本没有这小县城悠闲清静、自由舒适。可将来不指望她又能指望谁呢？

老伴问："你说呢？"

老陈只吐了两字："再说。"便不想再说了。他闭上眼睛，感觉脑中的那团烟雾慢慢漫延出来，包围了整个身子。身子越来越轻，变成了一片云，像那片晚饭前后都看到过的云，停在空中，不知该往左还是往右。往左，女儿家；往右，自己老家。

304 客人

"怎么不是 303 或 305，偏是 304 呢？"李一民嘀咕道。

"304 怎么啦？我都住了六七年呢！"一位年近花甲的妇女听到一民的嘀咕，拉开嗓门应道。一见这"大喇叭"，一民猜她肯定来自农村。她剪了个齐耳短发，看上去倒还精干。

"哦，我晓得了，你们迷信这个 4 啊？"她不留情面的话，说得一民仿佛当众被扒了裤子一般尴尬和难堪。

304 室分里外两间，"大喇叭"和一位老妇人住里间，外间已有一位七十多岁的老妇人，另一床空着，显然是留给一民老娘的了。

李一民的老娘已八十三高龄了。半年前，八十六岁的一民爹病故，一民娘一下子就老了许多。没过多久，一民就发觉老娘的老年痴呆越来越严重了，就不敢让老娘一个人住在乡下。两个姐姐远嫁外地，只他一人大学毕业后回小县城工作。所以，他顾不上老娘高不高兴，接她到城里来。可一民和爱人都是上班族，女儿正读高三备考，百平方米的套间就算住得下老娘也不放心她一人在家呀。无奈之下，一民只能"不孝"，送老娘到民办养老机构。娘曾说过："我有儿有女，不愿意去养老院。"

开心无价

　　县城有三家民办养老院，一民逐家去看了，觉得这家南山松护理型养老院卫生最好，离自己家也近，就决定送老娘来这儿。院长向他推荐了这位"大喇叭"，说这位李阿姨护理手艺是全院最好的。

　　李一民问了李阿姨哪里人。她的回答证实了他的猜测。他拉了一会儿同姓同宗的近乎，然后说："304 就 304，请你对我娘多照顾一分。能否让我娘跟你同住里间，方便你照顾？她有点老年痴呆，需要你特别精心些。"

　　"大喇叭"像一位清官似的，不为几句阿谀奉承所迷惑，高声道："这不已有人了吗？你娘是娘，别人娘就不是娘啊！"

　　一民又被呛了一回，领教了她嘴巴的厉害，心里有点不快，却又不好说什么，就让娘在外间暂先安顿下来。

　　直到第二天，一民才反应过来：不对呀，虽然说别人娘也是娘，但有的将老人往养老院一放、交了钱就不再来看一眼，甚至有的巴不得老人早点走呢。所以，一民转天来看老娘时又对"大喇叭"说："还是让我娘和你同间睡吧，请你对我娘好一点。"

　　李阿姨淡淡地说："不都一样吗？隔壁四个也是我照料呢……"

　　不等她说完，一民递上一张百元大钞，说："一点心意，请多费心。"

　　按常理，每个月给了机构生活护理费之后是不需要再掏什么钱的。一民身边朋友和爱人的开导让他开了窍：要想护工对自己亲人格外好些，不给额外小费哪行？逢年过节还要另外送礼呢！

　　果然，"大喇叭"飞快接了钱往兜里一塞，说："客气了，好说好说。"脸上也露出了难得的笑意。

　　第三天一民再去时，发现老娘已搬到了里间。

　　一民爹娘都生于 1949 年前，两老吃了一辈子苦，所以一民对爹娘特别好。他深知"坟前千斗不如床前一口"的道理，也不想让自己有"子欲养而亲不待"的遗憾，所以一得空就来陪娘，以弥补有违老娘意愿的不孝之过。每次离开时，娘总是问："你啥时再来？"一民就有欲泪感觉。娘的神情，让他想起送女儿上幼儿园时的情景。

时间一久，李阿姨也随和了很多。她说："你真难得，我在这儿干了六七年了，像你这样天天来看大人的，还是第一个。你每回刚走，你娘就说你不来看她了。"此时，一民娘便像小孩似的说："我哪有说过呢？"满脸的皱纹漾满了笑意。

一年后，一民娘突然间就不能行走了，大小便都得护理。护理费高些一民倒不心疼，他心疼的是娘更得吃苦头了。他走得更勤了。

那年夏天出差回来，一民一下车就直奔南山松304，发现娘的背部和臀部生了褥疮。一民泪水一下子如断线的珠子。他恳求李阿姨说："请您对我娘多照看几分吧，我以后会报答您……"

李阿姨说："我已尽力了，毕竟有六七个老人要护理啊……夏天热，长期卧床，难免啊……"

那年年底，一民娘还是走了。再怎么悲伤、不舍，都无法唤回娘的生命了。一民觉得，别的什么无奈都不算无奈，唯这生命的消逝，才是真正的无奈。

转年，李阿姨突然中风了，从护理别人的人成了需要别人护理的人。因她在这儿干了八年多时间，院长便以优惠价接纳了她，也住304。一民得知后，时不时带点她爱吃的熟食去看她。院长说："她有儿子却从来不来看她。"

李阿姨流着泪说： "你别再来了，你这情义，我消受不起

开心无价

啊……"

　　一民说:"我说过会报答你的。现在照顾你的阿姨是否会像你照顾我娘那样,只有你自己清楚了……其实做人如做客,我娘也好,你也好,不都是304客人吗?"

钓　王

提起"钓王",小城里的人无人不晓。

"钓王"这一称号并非他靠运气碰来的,而是凭借他近六十年的钓龄、凭借他的高超钓技挣到的。他对钓鱼情有独钟,从六七岁开始至今,从未中断过,鱼竿已然成了他的手的一部分。他别无所好,所订阅的杂志也全是钓鱼方面的。他的理论知识和实践经验,在他退休后得到了最佳的结合和发挥。

这天,他的一位钓友约他一起去一处他未曾去过的水库去熟熟手,他欣然答应。两人驱车来到一山脚,再步行了十多分钟,才到达目的地,已有数人在钓了。

"钓王"环视了一下,凭他的经验很快选定了一处钓位。他的钓友也在不远处坐下。校竿、调标、打窝、拌料,一套程序有条不紊下来,"钓王"充满信心地抛下钓钩。

三五分钟过去了,没动静。起竿,再上饵,再抛钩。又三五分钟过去了,还没动静。再起竿,再上饵,再抛钩……也真是邪乎了,浮标就是一动不动。一个小时过去了,仍然没有"吃口"。

两个小时过去了,还是不见有鱼咬钩。有人说鱼太稀了,有人说是天气的缘故,也有人说可能饵料不对口。"钓王"置若罔闻,

开心无价

　　精心上饵，用心抛钩，专心观标。别人抛钩，如抛石块、掷铅球、扔手雷，"扑通"一声，而他抛钩，如卫星返回舱切入大气层，钩入水面有个恰到好处的角度、力度，入水悄无声息。别人东一下西一下，他能做到想抛哪儿就抛哪儿。这水平，没一定的功夫是做不到的。

　　可是，纵使他有最好的功夫，鱼不咬钩也是枉然。整整一个上午，居然没有一人钓上一条鱼来。有几个耐不住性子的，边嘟哝边收竿走了。"钓王"仍然纹丝不动，那姿势，不由得让人想起姜太公以及"独钓寒江雪"的诗句来。他在想：钓鱼不就是修身养性吗？岂可如此浮躁？

　　终于，他的钓友钓上了一条三两重的鲫鱼。这给所有还在钓的人带来了希望和信心。"钓王"虽然嘴上在祝贺好友，可心里开始有点堵了。

　　正在此时，浮标轻轻一颤。这一细微的颤动没能逃过"钓王"的火眼金睛，也给他沉寂多时的心带来了刹那的激动，仿佛有一股无形的电流，从浮标通过目光直击心里。他沉住气，等待最佳时机。果不其然，浮标又下沉了三目，他果断地抖腕起竿，着了！鱼竿被拉成了一个问号。捞上来一看，是一条两斤左右的鲤鱼。

　　在众钓友羡慕的惊叹声和目光中，"钓王"急忙撒开超长的鱼护入水，将鱼放入鱼护中。

　　他擦擦手，定定神，重新坐下，精心上饵，用心抛钩，专心观标。

　　仿佛是要为他"钓王"的称号正名护誉，没多久，他又钓上了一条一斤重的鲫鱼。再过了五六分钟，又钓上了一条一斤半左右的鲫鱼。大家忍不住说："'钓王'名不虚传呐，佩服佩服。"他谦虚道："过奖过奖，运气而已。"有钓友过来想拎起鱼护看一下，被他拒绝了。

临近傍晚要收竿时，"钓王"已钓上了六条。他在心里估计了一下，大概有七八斤了。和他一起来的钓友也钓上了四条，还有几个仍然两手空空的。

"钓王"收好竿，藏好线，最后弯腰提鱼护时却发现：鱼护里一条鱼也没了！

原来鱼护的底部上次解开竟然没系好！好不容易钓上来的鱼，竟然从这一通道从从容容回到水库里去了！

有人幸灾乐祸，有人替他惋惜。他的好友仿佛是自己的鱼跑了一般捶胸顿足，想骂娘又觉不妥，最后说："从我这拿两条回去'交差'吧！"

"钓王"静了静心，平静地说："不必，钓鱼乃修身养性之举，又何必在乎得失呢？等待过、失望过、高兴过、得到过、失去过，这一天过得充实了，这才是最主要的。细想今天，就如今生啊，从一无所有到曾有所得或名利双收，可到最后不都仍是两手空空吗？又有什么可恼可怒呢？"

钓友听得怔了半晌："乃真'钓王'也！"

开心无价

隔壁老王是我的好友。他业余喜欢钓鱼，我喜欢搞点文学创作。他从内心钦佩我，其实我也很羡慕他。

我受他的影响，学会了钓鱼。他在我的熏陶下，虽然喜欢看文学作品但还不会创作。

有一天，他拉我一起去钓鱼，在路上问："你发表一篇小小说能得多少稿费？"

他说他刚在一家全国知名的微信平台上，看到我的一篇新作。

我说不一定的，要看读者打赏金额的多少和平台约定的分成比例。

他扭头瞟了我一眼说："就说你最近这篇，得了多少？"

我淡然一笑："稿费拿到一百九，但我开心，微信红包发了四百多元……"

他惊讶地斜睨了我一下："你脑子进水啦？这么辛苦，还倒贴？"

我解释道："账不是这么算的……"

"那该怎么算？你说。"他穷追不舍。

我嘿嘿笑笑："不说这个了吧！听说你又列装了一支高端武器？

我也想更新一下,你推荐推荐。"

"这你可找对人了。"一说到渔具,他就脸上开花、眉毛跳舞、眼睛发亮了,"我刚买的是正宗国际知名品牌,五米四,才二三十克重,超轻,用得真是得心应手……"

"多少钱?"

他朝我张了一下右手。

我弱弱地猜:"五……五百?"

"你想得美。五百就想要国际名牌钓具?"

我知道那肯定是五千了。

我讪讪地说:"我不与你比军备,你给我推荐五百以下的吧。"即便是这个数,我还是咬了咬牙说的。

他骄矜地笑起来:"你若不嫌弃,我有一杆退下了,送你吧。"

我说:"谢了。看来你投入钓鱼装备可没少破费啊?"

"两万五左右吧。"老王一脸自豪。

他知道我投入还没过千,常跟我说舍不得孩子套不住狼,图的就是痛并快乐着。

我没理会这茬,随口问他:"这些年你钓的鱼大概共有多少?"

"没算过,约百来斤吧。问这干吗?"

"也就是说你的鱼要二百五一斤了?你脑子进水啦?辛苦不说,还这么贵?"

他怔了一下,解释道:"账,不是这么算的……"

"那该怎么算?你说。"我也穷追不舍。

老王扭头和我对视了一眼,忽然,都不禁会心大笑起来……

意 外

　　子夜去急诊,纯属意外。
　　夏天的夜晚,比白天凉爽不少,因而成为钓友夜钓的好时光。
　　看时间快到晚上十点了,我和朋友就收了渔具,准备回家。
　　夜空黑魆魆的,头灯只能照亮巴掌大一点地方。脚下的山路其实不是路,是钓鱼人走出来的一条若有若无的痕迹。突然,我脚底一滑,"啊呀"一声,身体失去重心,往右侧滑去,下边就是水库。我本能地伸出左手,一把抓住左侧山上手够得到的植物,稳住了身子。
　　走在前边的同伴听到我的惊叫声,急忙问:"怎么了?"
　　我说:"差点滑下去做大鱼了。"
　　我在惊出一身冷汗同时,从左手掌食指根处传来一阵钻心的痛。用头灯一看,没见流血,就忍着,先往停车方向爬。
　　我左手痛得不行,让朋友开车。
　　回到家中,已是晚上十一点。左手掌肿了起来。本想天亮后再去医院的,无奈剧痛难忍,便独自步行来到医院急诊处。
　　子夜的医院,灯光惨白如昼,走廊、大厅少有走动的人影。
　　值班的护士让我去外科。一位四十多岁的男医生接诊。

意 外

　　我伸出肿胀的左手掌，向他叙述了两个小时前惊心动魄的经过。

　　他看了看我的左手掌说："这个应该是骨科的，你去住院部八楼的骨科看看，该怎么着就怎么着。"

　　我便来到住院部骨科。值班护士叫来了在休息室里的大夫。我又复述了一遍两个多小时前惊心动魄的经历。大夫看了看我的左手掌说："你先去做一下血化验吧，化验结果出来后直接到急诊外科看就行了。"

　　半小时后，我拿着化验结果报告单，再次来到急诊外科。

　　那位男医生有一丝惊讶："不是叫你到骨科看吗？"

　　我很无辜地说："是骨科大夫让我化验后来这里的。"

　　那位男医生显得有点不悦，接过化验报告单，仔细看了看后说："血化验各项指标正常。"

　　"会不会被毒蛇咬了？我看这边上似乎有蛇的齿印。"我指着左食指根部不安地问。

　　男医生显然被我的无知逗乐了："都两三个小时了，如果是被毒蛇咬，你死两三回都不止了。"

　　"那我就放心了。"

　　我的一位朋友曾遭毒蛇咬伤，到医院治疗时医生问被什么蛇咬的，我朋友脸色发青说："我哪里知道是什么蛇啊？"医生说："不同的蛇毒，解毒的血清是不一样的，你说不出来，我怎么下药呀？"朋友的家人不满道："难不成还要我们把咬他的那条蛇捉来你才能治？"医生也有点生气说："用错了血清出了问题算谁的责任？"我朋友的朋友说："别争了。时间就是生命。抓紧想办法吧……有了！"他急忙掏出手机拍了视频，特别是蛇咬的部位、明显的齿痕，

53

做了特写，然后立即发给另一位好友，让他以最快速度，给与他同村的养蛇人辨认。养蛇人一见蛇齿印痕，立马就判断出来。我的朋友这才用上血清转危为安。

"那估计就是被荆棘刺了。要开刀吗？"我惴惴不安地问。

"那得看情况了。再过几小时就天亮了，做进一步检查后再定吧。"那位男医生说。

回到家里，剩下的几个小时也未曾合眼。

等到七点半，我就再次急急赶往医院。

挂号处的美女护士笑眯眯地问我："你要挂哪科？"

对啊，我应该挂哪科呢？这医院里我能数出来的就不下十几科，偏偏这科那科都有，就是没有"四肢科""上肢科"。我伸出左手说："我这儿肿痛，你说该挂什么科？"

美女护士愣了一下，迟疑地说："估计，应该，可能是外科吧？"

到门诊外科大夫那儿，我又说了一遍昨晚的经过。大夫翻手覆掌认真看了几遍，最后还是肯定地说："去骨科看。"我说是挂号处的姑娘让我到这里的。大夫说："她晓得什么？去骨科看。"我想说……想想还是不说也罢。到挂号处改了科，再去门诊骨科。

我对骨科大夫又说了一遍昨晚的经过，并递上验血结果。大夫很负责任地说："去拍个片吧。"然后开了一张单子。

幸亏来得早，过了一个多小时，片子出来了。我仿佛手捧圣旨，立即回到门诊骨科大夫那里。

大夫接过片子，仔细看了又看，说："看不出来呀。再去做个B超吧。"

我想说"X光片都拍不出，B超能行吗"，又怕大夫说"你是医生还是我是医生"之类的话，就乖乖再次到收费处交了钱，到B

超室等候。

当B超探头在我左手掌肿痛处来回研磨时，我脑子里想的全是反动派对革命党人施以酷刑的电影桥段。

等我拿着B超结果单第三次来到门诊骨科大夫那里时，都快到中午了。而我用时间、金钱、痛苦换来的结果单，依然无法让大夫看清深陷肉中的异物位置。

大夫说："可能异物太小，难以发现。"

我说："都痛死了还太小？你就不能凭经验开刀取出那枚可恶的刺吗？"

"不找到准确的位置怎么开刀？一刀开进去找不到，缝上，再开第二刀？第三刀？你没意见，当然可以啊。"大夫讥笑道。

"那你说咋办？片也拍了，B超也做了，还要做CT和磁共振吗？"

"先给你开点消炎、止痛的药吧，观察一天再说。"

出医院门口时，遇见一位邻居。他问我怎么了，我将昨晚一直到现在的经过说给他听。他热心地说："去用王氏百痛一贴灵看看，除了产妇的痛，治其他痛蛮灵光的。"

连用三贴膏药，果然不痛了。中刺处开始化脓。老中医说，刺随脓拔，再消消炎，没问题。

第四天，有钓友相邀，问去不去，我说："去！"

开心无价

山村的评价

众人渐渐散去，只剩下年逾花甲的两位老人，喜滋滋地对这个"怪物"摸个不停。

绵延的山峰和蜿蜒的山路会告诉你，在20世纪70年代末，在这个偏僻的小山村，是这户人家推来第一辆黑亮的自行车。"丁零零"的铃声竟把山道也逐渐响大起来了。这位老汉的自行车后来让儿子骑到山外去了，但你现在却可以看到变宽的山路上，不时有轿车和电瓶车闪过……

茂密的山林和悠长的山涧会告诉你，在20世纪80年代初，也是这户人家的屋顶最先栖息着"银蜻蜓"。小小的银屏大大地开阔了闭塞的小山村的眼界。但现在，你会发现，一大片的"蜻蜓"全都转为数字电视了……

村里的人都羡慕这两口子有福气，儿子上大学，大学毕业了就在省城工作；女儿上中专，找了个县城里能干的女婿。山村里的人每当向外人说起此事，总是十分精神、十分响亮，仿佛那两就是自己的儿女，就是自己的兄弟姐妹。是的，这是整个山村的骄傲。

在20世纪80年代末，小县城里不知怎的竟刮起了抢购风，传言钱要贬值，大家忙不迭地将一沓沓钱换成一台台家电。两位老人不禁对儿子、女儿给的钱发了慌，赶忙叫女婿想法将钱换成实物。

可是，买什么好呢？该有的都有了，甚至用钱买不到的温暖，憨厚淳朴的山民也都给了。

晚上看电视时，戴着老花眼镜的老伴忽然眼睛一亮，右手猛地拍了一下右腿，指着电视屏幕对他说："哎，老头子，我们叫囡就买这吧！"

电视上正在播洗衣机广告。

"免得我洗得腰酸背痛还洗不净。得空儿还可以帮帮大家，省力又省时……"老伴唠叨着。

"好。"不善言谈的老汉以最简洁的话表示赞成。

于是洗衣机在未给大家帮忙之前先让大家帮忙了。几个青壮小伙子，经过一番曲折的山路，七手八脚地终于将这个"怪物"从县城的商店里，请到了这个还未通公路的小山村。

在家的男女老少在村口就兜住了，围着洗衣机转，足足看了老半天。小孩们玩得就更欢了。

有好几个人对这铁皮箱样的玩意儿不信任似的问：

"这就是洗衣机？"

"这只铁箱子可以洗衣服？"

"怎么洗？"

麻烦的事儿来了。用洗衣机不仅要有电，而且还要有自来水。电，倒是在五六年前就架进村了，偏偏自来水没"自来"，山村人一直喝的是村后山边的那个大水窟的水。那水清，挑不尽。

两三天过去了，二老不禁叹起气来。

还是老太婆聪明，她想到了个好办法。她兴奋地向邻居宣布："明天用洗衣机洗衣服了。"

全村很快知道了。小山村兴奋得睡不着觉。

第二天一大早，两个身强力壮的小伙子在老太太的指挥下，将洗衣机从家里搬到了村后那个大水窟旁边，又从最近的一户邻居家拉出一根长长的电线。

洗衣机周围围满了老老少少的村民。

"你们有衣服要洗的都拿来！"

老太太从衰老的喉咙里发出年轻的声音，声音里充满了喜悦和自豪，就像当年儿子考上大学那会儿一样。

脏衣服很快拿来了许多。

"要不要先将衣服擦上肥皂？"有人问。

"嗨！"一个比较精明灵活、见过世面的小伙子说，"要用洗衣粉的，不用肥皂。"

山坡上站满了人。

有个村民主动拿来并不多见的洗衣粉，他很想弄个明白，不用手究竟是如何洗衣服的。

一个人专门负责提水、注水。五件脏衣、两勺洗衣粉，一切都准备就绪了。

老太太激动得端端正正地站在洗衣机前，怀着幸福和自豪的心情，伸出微颤的手，慢慢地探向那个按钮，郑重地按了下去。那份虔诚，不亚于在佛祖面前插下一炷香。

一串低沉的滚动声从这铁皮箱里传了出来。周围人群中发出了一阵子的骚动……

"怎么像磨豆腐呢？"有人惊异地说。

"要盖上盖子，不能看的。"另一人说。

过了一阵子，有人问："差不多了吧？"

"唔!"老汉很内行似的估摸着回答。

盖子打开,水很脏,衣物也还脏。

"应该放掉脏水,换上清水,再洗。"那个精明的小伙子说。

想来也是。没干净总得再洗。大家心里想。

第三遍水排出来已少有肥皂泡沫了,这衣服就算洗干净了。捞起,用手拧干了,各自认回。大家争着围拢来看是否洗干净了,有没有弄破衣服。

"原来就是这样的啊?"有人说。

就在第二批五件衣物放进去时,机器却不转了。

"怎么,坏了?"村民们不由得都伸长了脖子。

终于有人发现,那盏小红灯不亮了。

"停电了!"

于是,山坡不禁也骂起娘来。

湿漉漉的衣物捞起来,只好叫大家拿回去手洗了。

"这真是半自动啊!"大伙都善意地笑了。

当小伙子又热心地将洗衣机扛回老太太家时,才发现已近中午了。

"嗨,这么个大半天,就洗这么几件?"

"真是,又费钱又费力……"

"唉,还不如自己用手洗快、用手洗干净呢!"

……

"累死了。"在大伙散去后,老太太也不禁如释重负地叹道。

到晚上,绵延的山峰、蜿蜒的山道、茂密的山林、悠长的山涧,将会听到山村的评价,就像当年评价那辆自行车、评价那台电视机一样……

开心无价

午　　餐

　　城里人在乡下人特别是山里人面前，心里总会有一丝优越感，仿佛高人一等。胡思原来也是这么想的，直到那一天——

　　那天是初冬的一个周六，胡思和十多位朋友相约去爬当地一座最高的山峰。爬山既锻炼了身体，又欣赏了美景，还放松了身心，难怪越来越多的上班族喜欢上了这一时髦的户外运动。

　　备足干粮，早上七点乘车出发，八点开始爬山。一路上，黄的、红的、绿的、紫的树叶或果实，目不暇接，缤纷秋色赏心悦目。爬了近三个小时，见到一处小山村。一条土狗在村头高声迎接，既显得这个山村还有一丝生气，又显出这个山村的寂静。大家早已气喘吁吁、汗流浃背，未等向导开口，就坐下休息了。体力已感不支的胡思问向导："到目的地山顶还有多远？"向导说："目前只爬了三分之一。"身体本就不壮的胡思毫不犹豫地说："我不爬了，就在此处等你们。"同行的朋友鼓励他继续，但他坚持留下。大家便留下一些干粮给他当午餐，而他们休息一会儿，继续上山。

　　闲来无事的胡思围着这个山村转悠起来。二十多间木结构青瓦房，分成三幢，顺坡而建。有的房门洞开，有的铁将军把守，有的屋椽甚至已开始坍塌。到处是厚厚的灰尘和废弃物。正在寻思为何不见人影时，胡思突然发现，在最后一幢有一个年近古稀的老妇人，正坐在门前的阳光里，手里拿着菜刀，将腐烂的红薯削掉。见有人过来，有点惊喜地问："这位小哥打哪儿来的？"

胡思急忙回道："大娘可别这么叫，我从城里来。"

"来做什么呢？"

"不做什么，朋友们一起来爬爬山。我爬不动了。"

"来，坐会儿。"她顺手拽过一把小竹椅。"你们没事来爬山？多累呀。"她很不理解地说，"在家里多睡会儿不是很好吗？"

两人不知不觉拉起了家常。从她口中得知，这个村原来有十多户人家三四十人口。眼下有的全家外出做生意，有的搬到山下或进城，现在只她一家了。难怪这么冷清。

不知从哪儿钻出刚才吠了好久的土狗，此时温顺地走到妇人身边。她腾出一只手，轻轻摸摸它的脊背，那狗便乖乖地俯卧下来。六七只母鸡在随意觅食。

"你就一人？"胡思问。

"老伴去城里医院看病了。我儿子成家了，在城里买了房子，做城里人了，要我们也住城里去，我们不习惯。今天儿子会回来帮我挖红薯。"她忽然意识到什么似的，说："你还没吃中饭吧？我们山里人家也没啥好东西，中饭等我儿子来了，我们烧面条吃，你别嫌弃，一起吃。"

这慈祥淳朴的老妇人的热情，让胡思心里涌起一股久违了的温馨和感动。他急忙谢道："不必了，大娘。你看我带着干粮了。"

"那怎么行？难得到我这里，中饭一定要到我家吃……"

"不是不是。"胡思忙解释，"真的不用麻烦您。"

"这哪有麻烦呀？不就多一双筷子的事吗？别见外了……"

开心无价

　　见她这么热情，胡思忙说："我先随便走走看看……"
　　"好，到时我叫你。"
　　胡思心里矛盾极了。走吧，追不上朋友了；留吧，老人来叫时去不去呢？去，显得太唐突；不去，显得太不领情。
　　胡思一边乱想一边瞎逛。他看到有间房子门开着，便悄悄走进去，惊飞了几只山鸟，冷冷清清的，满屋的灰尘，让他想起自己乡下久未住人的老屋。
　　正在胡思各处晃悠时，一个年龄和自己差不多的中年男子往村里走来。肯定是老人的儿子了。他见到胡思一个人在村里转，目光里充满了警惕，绷着脸问："你哪儿来的？在干什么？"
　　胡思如实相告，但似乎仍未打消中年男子心里的疑惑，他走过去老远了，还回头用狐疑的目光看了胡思几眼。
　　村前山涧有块平整的巨石。胡思走到那儿，躺到上面想好好休息一下，但太硬也太冷，受不了，只好又折回第一幢屋前。那里用毛竹搭了一个架子，是原来主人晾晒东西用的。躺在那上面，真舒服呢。太阳暖暖地晒着，山风微微地吹着，山涧水声淙淙，偶尔觅食的鸡在边上弄出一点动静。不知不觉，胡思真睡着了。
　　等胡思突然惊醒起来一看，那只狗不知何时来到了他身边。胡思拿出手机一看时间，早已过了中饭时间。
　　老人并没有来叫自己。胡思估计，应该是那个做了城里人的儿子阻止了他母亲吧。
　　城里人真的就比乡下人、山里人高一等吗？
　　胡思拿出干粮嚼了起来，却嚼不出个味来。

你会怎么想

在秋日的一个周末傍晚,即将退休的费思梁,接到了两个人打给他的电话。

第一个电话是张三打来的。他怎么会给自己打电话?费思梁感到有点意外。让费思梁感到不仅意外还很惊讶的是,电话一接通,张三开口就问:"你在家吗?送点小溪鱼给你。"费思梁的脑子一下子还拐不过弯来,但脱口而出:"不要不要,你不用客气。"张三说:"都是些自己从门前清溪里抓的,不值几个钱。你等一下,我马上送过来。"

挂了电话,费思梁对老伴说:"你说怪不怪,张三居然要送溪鱼给我们!"

费思梁的老伴也是一脸的迷茫:"怎么会呢?莫非有事相求?"

这张三,是费思梁的哥哥费思栋的小舅子。按理说,也算是亲戚了,但在四十年前,费思梁的侄儿刚出生不到一年,张三的姐姐不知为啥,与费思栋大吵了一架,一时想不开,竟于当夜服了农药。费思梁老家在山区,待叫邻舍连夜用坦箩(竹制敞口圆形篾箩)扛到山下,欲送往县里医院时,已然归西。张家与费家大闹了一场。自此后,张家"恶其余胥",视费家所有人如仇人,途中相遇，脸上常有冤家路窄之意。

都说时间是最好的疗伤药。二三十年过去了，张家人与费家人途中偶遇，虽淡了仇意，却依然形同陌路。费思梁想：你姐之死又非自己之故，何至于此？便曾多次示好于张家人，张家却没领情。

这次突然接到这样的电话，怎不叫费思梁费思量？费思梁对爱人说："不管他是否有事相求，他主动要送溪鱼给咱，说明他也想'相逢一笑泯恩仇'了。这不是礼轻礼重的事，咱们也要好好准备还礼的东西。四十年了，也该让它过去了。这样多好。"

就在思梁与爱人精心准备回礼之物时，手机又"叮"了一下，发来一条短信。思梁急忙打开一看，然后对爱人说："不用忙了。"爱人问："怎么了？"费思梁递过手机给她看，张三发的短信："不好意思，弄错了。"

正在费思梁五味杂陈之际，接到了第二个电话，是李四打来的。

李四是十多年前费思梁在乡镇当副书记时的部下，交情还不错。他和思梁一样爱钓鱼。他在电话里问："明天休息，钓鱼去不去？"

一听钓鱼，费思梁的心里立马切换了一个频道似的，不假思索道："去。去散散心也好。几点出发？去哪儿？"

李四说："要去就早一点去。你跟我一起去就行了。那山塘就是我们原来的王乡长承包的，他也不喂，鱼跟野生的一样，味道蛮好的。"

一听是王乡长的，费思梁愣了一下，又费思量了。但话已说出，又不好改口，便说："那好。"

王乡长是个老乡镇，现在退休都有五六年了。当年组织任命费思梁到王乡长所在的乡当副书记时，王乡长与乡党委书记关系正有点微妙。由于工作关系，费思梁自然与书记走得比较近。王乡长在心里对费思梁有没有想法，思梁无从得知，但总觉得王乡长似乎对自己有看法，却又没有明显的表现。这样不咸不淡过了几年。后来，王乡长调了岗位离开了那个乡。再后来，费思梁也调到部门工作。县里会议或路上偶遇，两人也是客客气气打个招呼，却也没有深交。这回李四叫自己一起去他的鱼塘钓鱼，他会不会不高兴？思梁在心里揣摩起王乡长的心思来。

"要他来钓个屁！谁来都欢迎，除了他。"费思梁似乎听见王乡长在心里这么说。要是这样，去了又有什么意思呢？

"哈哈哈，好，欢迎啊，咱们好久没见，正好聊聊。"费思梁想王乡长或许会这么爽朗地说。若是这样，岂非自己"以小人之心度君子之腹"了？能当这么大的官、见了这么多世面的人，怎么会是小肚鸡肠呢？

费思梁一边思量一边整理起明天要用的钓具。整理得差不多时，李四又来电话说："王乡长说明天有事，下次再约吧……"

"哦，行。"费思梁随口答道。

也许真有事呢。

也许……

费思梁不知该怎么去想了。

开心无价

开　门

"嘭！嘭！嘭！"

胡小明和老婆吃完中饭，关了门想休息一下，他的屁股刚挨到床边、他老婆还站着正想脱衣服，突然听到有人在敲门。

紧接着，传来一老妇人的声音："小明，你在家吗？开开门，我有事找你！"

小明轻声地对老婆说："你去开一下门，有人找呢。"

"不开！"老婆回答得很干脆，尽管声音不大。

"大热天的，冒着烈日来，肯定有事的，去开一下。"

"就不开！你没听出来吗？又是五里地外岗岭脚村的张阿婆！她来还有什么事？又是向你借钱呗！都几次了？你家是银行啊还是你是观音菩萨？"

"她家确实困难，你也知道，她又没骗我们，我们有能力帮就帮一下……"

"你还说呢！你卖杨梅挣的钱都用在做好事上了，我说过你吗？你炒茶叶挣的钱也全用在帮助有困难的人上了，我说过你吗？你挣的钱用光了，还把我半年做工艺品外加工挣的钱都拿去了！这钱我连给孩子买根香蕉都舍不得呢，你还要不要这个家了？"

开 门

"嘭！嘭！嘭！"

"小明，你在家吗？开开门，我有事找你！"门外又传来敲门、喊门声。

小明扭头向门口高声答道："在！我就来——"

"你要去开，我就跟你没完！"老婆压着嗓音说，"让你和这一大堆的奖状和证书过日子吧！"

"够了！"小明忍不住也发火了，"你甭牵口，拿你的那点钱我等会儿就还给你，我那时身上正好没钱……等会张阿婆进来你给我闭嘴！有话等她走了之后我们再说。"说完，小明就趿双拖鞋急忙开门去了。

门外站着的果然是张阿婆。

"张阿婆，这么热的天，快进来凉一下！"小明热情让座。

"小明，你真是个大好人呢！"老妇人抬起满是皱纹的右手，擦了一下额上的汗。

小明一边急忙打开电风扇，一边说："您可别这么说。"

"这些年来若不是你帮忙，我真的不知道怎么过日子了呢……"老妇人又一次抬起满是皱纹的右手擦了一下眼眶。

"张阿婆，您有什么事就说吧，只要我做得到，我肯定会帮您的！"

张阿婆和老伴有个儿子，因病导致耳聋和哑巴，家在山区，本来就穷，加上残疾，长大后一直娶不上媳妇。五年前，东拼西凑借了两万元"娶"了一个外地的寡妇，转年给他们生了个孩子，全家人欢天喜地，哑巴和他老爸干活更得劲了，觉得生活有奔头了。谁知不满一年，哑巴和老爸俩在山地干活时，从高处滚下一块风化松动的大石头。老爸发现大喊哑巴躲开，哑巴一点也听不到。他冲过

开心无价

去想推开哑巴，结果非但哑巴被压死，自己也被压伤一条腿。不久，那外地来的媳妇一狠心，扔下孩子也不知去向了……

胡小明是永安镇乐安村青年志愿服务队队长，热心公益二十多年了，各级的荣誉得了一大堆。他得知张阿婆家的遭遇后，就带领服务队去了，大家捐了些钱并带去了日常生活用品。张阿婆不相信世上会有这么好的人，平白无故给钱给物。后来，小孩看病缺钱啦、两老交纳农医保钱不够啦，张阿婆都来向小明求援。小明呢，也都尽力给予帮助。次数一多，小明老婆就有意见了。

"我每次来向你借钱，你总二话不说就给我。这么些年，我每次向你借了多少钱我都记着呢，你也从没要我还……"

"张阿婆，那些钱给您了就不用还了。"

"那怎么行！"张阿婆说着就站了起来，"我今天就是来还钱的！"边说边抬起双手，左手拉住衣兜底部，右手伸入衣兜，掏出一团手帕包裹着的钱来。

一听说张阿婆居然是来还钱的，小明的老婆也走了过来。

小明一把按住张阿婆的双手，说："张阿婆，您家的情况我清楚，您哪来钱还啊？"

"你放心，我不偷不抢。"老妇人笑着说，"你不知道，我老头子前年就满六十周岁了，我去年也满六十了。现在国家好啊，咱农民非但不用交农业税了，上六十岁国家还发钱给我们，我们做梦都没想过呢！"

老妇人满心喜悦，继续说："我们俩一百二十元一个人，每个月也有二百四十。省吃俭用点，就能攒下几个钱了。本来去年就想来的，但不够，所以拖到今天了。你快瞧瞧，这是不是一千八百元？"她为自己能还清这笔账感到无比自豪，心里也轻松了许多。

开门

"这些钱你们就是这样省下来的?"小明几乎不相信自己的耳朵。

"是啊！村干部说了，我家情况镇里知道了，很快会给我们列入低保。阿弥陀佛，全靠国家好，全靠你们大家啊，我家日子会好起来的。"

胡小明说："张阿婆啊，不管您说什么我都不能收。您听我说，我们比你们年轻，挣钱比你们容易。你们还要培养孙子呢，他以后上学读书，用钱的地方还多着呢，这点钱您留着吧！"

"我不和你们说了，我得赶回去带孙子呢！"

小明坚决不接，张阿婆就将一沓钱按到正在发呆的小明老婆手上，转身迈出门口并将门带上关好。

胡小明不知不觉发现自己眼眶里竟然泛起了泪花。他对老婆说："你不觉得这钱烫手吗？还愣着干啥？"

她突然反应过来，一把拉开门，追了出去。

小明笑了。他知道，老婆打开的，还有一扇心门。

开心无价

邻　　居

　　王嫂门前有一条四五米长的石凳，隔着一条不宽的路，就是张婶的后门。说来也是有缘，两人娘家原就是邻村，先后嫁到乐安村又成前后邻居，两人的关系自然亲密。王家摘了瓜果送张家一些，张家挖了花生也送王家一盆。

　　这条石凳有些年头了，岁月早已将它打磨得溜光锃亮。每到午饭或晚饭时刻，只要不下雨，左邻右舍的大人小孩，都会捧着饭碗坐在石凳上，大家一边吃，一边天南海北聊，很是热闹。王嫂一家自然坐得最多，坐这石凳吃饭的时间比坐在家里吃还多。

　　生活难免有灰尘。张婶和王嫂的关系，是从卖菜那时开始蒙尘的。

　　乐安村是永安镇政府所在地，村里有所中学。那时的学校食堂基本上只蒸饭不卖菜，住校生大多从家里带咸菜，一吃就是一星期。

　　脑子灵光的张婶就将家里多余的菜炒好拿到校门口卖。张婶的菜根据肉的多少定价，一角钱一铜勺或二角钱一铜勺，价格公道，很受学生欢迎。

　　王嫂看张婶卖菜生意这么好，也跟着卖起熟菜来。

邻居

张婶嘴上虽没说，心里却很是不爽。

很快，校门口两旁卖菜的妇女，从她俩渐渐增加到七八个甚至十多个，菜肴的品种也五花八门。那阵势，仿佛是列阵欢迎学生的仪仗队。

张婶见原先一顿可以卖两铅桶菜，现在一铅桶都卖不完，于是不卖炒菜，改做豆腐拿到村口卖，没想到收入竟比在校门口卖菜还多。

不久，学校周边环境整治，不让村民在校门口卖熟食菜肴。于是，王嫂也改行卖起豆腐来。

张婶心里对王嫂的看法便如入冬的气温，愈来愈冷，照面也不再打招呼了。有时见王嫂过来，张婶便拉过三岁的大孙女逗她："学样婆，敲沙锣……""随样学样，讨个老婆做木匠……"王嫂明知张婶在影射自己，但人家是逗小孩唱儿歌，不好说啥，红着脸走了，只当啥也没听见。

张婶的大媳妇生了二胎后张婶就不再去卖豆腐了，王嫂却干得热火朝天。做豆腐有不少豆腐水、豆腐渣。王嫂便养起猪来，先养了两头肉猪，后又养了两头母猪。她家猪舍溢出的猪屎猪尿，流到路边的水沟里，臭气熏天，熏得石凳不再有人，熏得来往行人和邻居心有不满，但碍于邻居的情面，都不好意思撕破脸。

最难忍受的就是张家了，臭气熏得张家饭菜都没了香味。一到夏天，即便厨房门窗不开，苍蝇、蚊子仍多如繁星，更不用说厨房外了，只要有点动静，"轰"的一声，仿佛大合唱突然而起，"嗡嗡"一片。忍无可忍的张婶上门找王嫂说去，王嫂冷冷道："农村谁家没苍蝇、蚊子？有本事当官当老板住高楼大厦、洋房别墅去，那儿没苍蝇、蚊子！"

开心无价

这话噎得张婶气不打一处来，但又拿她没办法。

那年高考，张婶的小儿子考上了重点大学，成为全村第一个大学生。张婶人前人后就说："当不当官再说，有本事也养个大学生出来，别一世养笨猪。"

王嫂听了，气得青了脸——她的一儿一女，初中毕业就不肯读了，王嫂常骂他们是笨猪。

一年后，六十多岁的张老汉竟患癌症走了。悲痛之余的张家将病因归咎于王家养猪污染上。张婶和大儿子再次上门去，要求王家要么停养，要么迁移。

王嫂囔道："凭什么？你们算老几？讲话凭依据，我家咋就没事呢？做人要心好，不好遭天报。"

张婶气得浑身哆嗦，回道："恶有恶报，不是不报，时辰一到，老天会报！"

王嫂怒了："你咒我？"边说边上前要动手。

张婶儿子大喝道："你动一下，碰一下我娘，我就饶不了你！"

王嫂的儿子也冲了过来："那你使出来看看！"

……

正在双方剑拔弩张之际，村干部闻讯赶到，让张家和王家都上村委会调解去。调解结果是：王家在猪舍里挖个窟窿，及时清运，猪屎猪尿不能再外泄。

可没多久，猪屎猪尿照溢不误。张婶找村干部反映也没结果。张婶儿子便拉来一车碎石堵上了自家后门的水沟。

渐渐地，对王家养猪污染的事，不只是张婶一家明着有意见，左邻右舍都明显表示不满，多次向镇里甚至县里反映。镇领导多次实地察看，认为确实不妥。恰逢全县开展村镇环境卫生大整治，镇

邻　居

领导借此东风，与县相关部门沟通，与村两委讨论，最终决定：在村外农田边由村里出资统一建猪舍，低价租给需要的村民使用，村内一律不准养猪、牛。

　　猪舍废了，水沟疏了，门又开了，笑容回到了左邻右舍的脸上。

　　尽管王嫂热情地邀请左邻右舍来她家门前那条溜光锃亮的长石凳坐坐，但那条长石凳再也没人来坐了。王嫂常常看着冰冷的长石凳发呆……

开心无价

睡　　觉

　　梅丽姓梅，是我的同事，也是我单位的"局花"。她老公是比我低一届的同学，研究生毕业，很有素质，与我很要好。他们夫妻恩爱、家庭和睦，成了大家的典范。

　　她人如其名，长得可真美丽动人、亭亭玉立。她黑发如瀑、云鬓桃腮、杏眼朱唇、葱指莲步。她皮肤白皙、身材婀娜、声音甜润、温文尔雅。她是无病的西施、不嚬的貂蝉。

　　外单位的男人都嫉妒我单位的男人，我单位的男人都嫉妒她老公。本县机关单位的男人，大多都知道我们单位的这个不愿出名却反而更出名的低调美人。

　　没想到这么一对恩爱夫妻近来却吵起架来，她老公扬言要离婚。

　　今天早上，我一到办公室屁股还没挨着椅子，梅丽就过来了。她一改往常的微笑，我第一次见到她又怒又怨又气又恼的表情。她问我："你在外面胡说了什么？今天晚上八点到两岸咖啡，你把话当我老公面说清楚！"

　　没等我反应过来，她已"噌噌噌"地回到她的办公室去了。

　　我想去解释一下，但她已说过要我当她老公的面解释，也好，就等晚上再说吧！

坐在办公桌前，我才意识到她这次夫妻吵架，原来都因我的一句笑话而起。

那是上周五一个炎热的黄昏，我应邀和四位来自不同单位的好友一起去溪边大排档，边纳凉边用晚餐。习习的凉风吹拂着我们燥热的肌肤，爽口的冰啤滋润着我们滚烫的喉腔，让人感到爽不可言。

不知不觉，每人数瓶冰啤已下肚。我们五位边饮边侃，天南海北。不知怎么地，话题扯到本单位女同事的头上来了。

第一位朋友说："我和她一起唱过歌。"他说的那个"她"我也认识，不仅音质圆润、甜美，而且高音与李娜有的一拼。

大家说了一阵唱歌的趣事后，第二位朋友说："我和她一起跳过舞。"他说的那个女同事我不认识，但早听人说过她参加什么跳舞比赛获过奖。

第三位朋友说："我和她一起搓过麻将，我老输。因为这位女同事脸蛋虽一般胸脯却非常突出。不知她是无意还是故意，将领子口开得很低，男人的目光全都淹没在她深深的乳沟里了，她也就常赢了。"大家哈哈笑了一阵，说他活该。

第四位朋友说："我和她一起游过泳。她的身材曲线美得像魔鬼。"

最后，我不紧不慢、平静地说了一句："我和她一起睡过觉。"

他们都知道我所说的"她"，就是梅丽。

"啊？真的吗？怎么回事说来听听"——我估计他们肯定会这么说的。

谁知，我那话音一出，四位朋友顿时呆住了。一个正拿起酒瓶想倒酒的，倾斜的酒瓶悬停在半空中。一个正用筷子夹起一口菜想往嘴里送的，筷子和菜停在半途，张开的嘴巴都忘了闭上。另一个正掏香烟的也忘了掏。还有一个正想放下筷子的，筷子一端已碰到桌面，也就这样停住了。四个人仿佛被施了定身法术一般。

约有三四秒，掏烟的那个朋友反应了过来，说："吹！"

倒酒的那个朋友猛地把酒瓶往桌上一顿，说："牛！"并伸出一个大拇指晃了下。

另外两个也陆续"醒"过来，不说只笑，笑得色眯眯，笑得意味深长。

我估计他们要问的话他们偏没问，我也就没去解释了。后来说了些其他的，大家就散了。我不曾想这话竟会传到梅丽老公的耳中并导致严重误会。

晚上八点，我准时来到两岸咖啡 777 包厢，只见梅丽和她老公神情严肃地对面而坐。见我进来，他俩站了下，我习惯性伸出手想与他握手，他冷冰冰地说："如果在这里的不是我或者来得不是你，早就一耳光掴到来人脸上了。你当我们两人面说说清楚。"

"好吧，等我说完了你要掴也不迟，我绝不还手。"

等他俩坐下，我来不及喝一口面前刚沏的咖啡，我就对梅丽的老公说："说实话，我还真的和她一起睡过觉。"

话音未落，她和他同时霍地站了起来。他怒火万丈地指着她："你还有什么话说？你自己都听见了吧？"

她惊讶得简直不相信自己的耳朵，带着哭腔对我道："你胡说，你神经病啊！"

幸亏是在包厢内，不然有失大雅了。我坐着左看看他右看看她，说："坐下，坐下，让我把话说完行不行？"

我对梅丽说:"你还记得去年夏天我们和局长三人一起去外地出差那回吗?"

梅丽说:"记得啊,可……"

我不慌不忙地说:"那天局长坐副驾位置,我们坐后排。我们在服务区吃了中饭继续赶路。开始还说着话,不久局长闭目养神了,你也不知不觉歪着脑袋睡着了,我不久也迷糊了。也不知过了多久,是驾驶员一个刹车才惊醒了我们,那时已到目的地收费站了,对不对?"

"对啊!"她说。

"这不就行了嘛!"我说,"你还不承认我们在一起睡过觉?"

"啊?!"他们都恍然大悟。

她老公往我肩膀上擂了一拳:"你怎么不早说啊?害苦了我们。今晚大吃一顿,你埋单,算是补偿了。"

梅丽老公没了心病,也就恢复了往日的活泼。

再看梅丽的脸,多云转晴了。

"好说,好说。你说我没胡说吧?"我问她老公。

他说:"虽说是实话,可听着怎么觉得特别别扭呢?小心我报复你。"

"唉——"我叹口气说,"为什么一说男女一起睡觉,人们就非得要想当然呢?"

开心无价

欠一个道歉

花了一个午休时间,琼洁翻箱倒柜,挑三拣四,终于挑了一件自己最满意的白色连衣裙。她觉得,配上那双白色高跟皮鞋,不说鹤立鸡群也至少算得上亭亭玉立了。下午下班后,她要参加闺密的生日晚宴。

离上班时间还有二十分钟,步行去单位刚好。为了响应"绿色出行"的号召,同时也是为了保持自己的好身材,琼洁大多都步行上下班。

"宝贝再见。"临出门时,她对婆婆抱着的三岁女儿说。

乖巧的女儿甜甜地说:"妈妈,漂亮。再见。"

琼洁开心地合上门,心情愉悦。

连续一段时间的绵绵秋雨,网上都流传着打电话给东海龙王的搞笑视频。中午还真雨止转晴了。琼洁的心情格外愉快,脚步轻盈,仿佛鞋底装了高级的备震。

她抬腕看了下时间,还有五分钟,刚好能到单位考勤。

突然,一辆轿车急驰而过,飞起的污水,溅湿了她左侧下半身的裙子。

"你,混蛋!"琼洁尖叫一声,脱口而出。

车子在前方急刹停下。

她气呼呼地走过去："你怎么开的车？弄脏了我的衣服。"

车窗伸出一个中年男人的脑袋，脖子上挂着一条粗壮的金项链，左鼻翼一颗黑痣十分刺眼。他瞪了琼洁一眼，轻蔑地说："我就这么开，怎么着？"

"你要向我道歉！"

他缩进脑袋，将左手伸出来，弹了弹香烟灰，一踩油门，呼地又飞了。

"你……你……"卑鄙、无耻、流氓、人渣……这些词汇在琼洁的喉咙拥挤，但最终还是没说出口。

泪在眼眶里打转。回家再换衣服已来不及了。琼洁甩了甩裙摆，只得先这么狼狈上班了。

一到办事大厅，几位同事便盯着琼洁的衣服看，目光充满惊讶。琼洁羞红了脸，解释了一句，便埋头工作。

"250号请到9号窗口办理。"叫号系统呼叫了两遍，琼洁的窗口前出现了一个熟悉的脑袋。

"你？你……"琼洁惊讶极了，居然是那个左鼻翼有颗黑痣的混蛋！

她努力克制住自己内心的愤怒，她想给他一次道歉的机会。

"请问你要办什么手续？"琼洁平静地问，仿佛初次相见。

那男人也认出了琼洁，愣了下，似乎想换一个窗口，却又没办法，只得硬着头皮递进材料。

琼洁按流程向他要了身份证原件并做了复印。在办理过程中，琼洁两次抬头看了看他，希望他能向自己道歉，那自己也将原谅他的过失。可是，那男人没有，非但没有道歉，还掏出香烟点上。

琼洁厌恶地用不容置疑的口气说:"这里禁止吸烟,请你不要抽烟。"

他环视了一圈,发现真的没其他人在吸烟,便"叭叭叭"连吸了三大口,才心有不甘地把香烟扔到地上,并用右脚狠狠地碾了一下,嘴里还嘀咕了一句。

看他熟练地做完这一连串动作,琼洁恶心得直想呕吐。

琼洁不想再等了,在准备将办好的结果交给他时,冷冷地对他说:"你还欠我一个道歉。"

"我道个屁啊!"他一下子怒火满脸,"我又没抽了。"

琼洁霍地站了起来,指着被污水弄脏了的衣服:"你不会这么健忘吧?"

"哼!"他打了个鼻音,依然一脸不屑地说,"老子就不道歉,你能怎么着?老子从来不知'道歉'两字,更别说对女人。"

琼洁忍无可忍,拿起刚办好的结果,当着他的面,撕了,扔进废纸篓里。

他大叫道:"你什么态度?你公报私仇,我要告你!"

琼洁平静地说:"我弄错了行不?需要重新办理。"

"我不办了!"他暴跳如雷,一边拿起自己的材料,一边用右手食指指着琼洁咆哮道,"若是个男的,我饶不了你!"

听见这里有异常响动,边上同事都过来关心,窗口外也聚起不少等待办事的人。琼洁用手指往某处指了指。他顺着琼洁指的方向,看到了监控。"你等着瞧……"他气呼呼地走了。

琼洁对同事和窗口外的人淡淡地说:"没事没事,我弄错了需要重新办理,他就发火了。"

下班后,琼洁打电话让老公先接她回家,换了衣裳再去赴闺密的生日宴。车上,琼洁得意地告诉老公:"我下午教训了一个混蛋。"她老公听完她简要叙述后,却冷静地说:"现在,你欠他一个道歉了。"

琼洁有点恼火,凭啥向着外人说话?说:"对野蛮的宽容,等于对文明的践踏。"

她老公一边紧盯着前方一边说:"你在错误的时间、错误的地点,用错误的方式同错误的对手打了一场错误的战争。你不应该道歉吗?"

琼洁的脸愈来愈热。两人都陷入沉默。

车外世界,熙熙攘攘。有人在等绿灯,也有个别人在闯红灯……

开心无价

信 不 信

"六一"那天傍晚,二十五岁的徐晓白下班回到家,来不及冲凉,急着告诉父母:我中了特等奖,十万!

"啊?"父母都惊呆了,"体彩?还是福彩?"

"都不是。是一家公司有奖征集 slogan(口号;标语)。"

"啥?你若说买彩票中了特等奖我们还信,你说这什么玩意儿,你能拿特……特等奖?"未等刚刚掀起的喜悦高潮缓下来,徐晓白的父亲徐大海内心又掀起了怀疑的海啸。

"你别急,你还是慢慢从头到尾说说咋回事,会不会是骗局?"徐晓白的母亲说。

徐晓白说,下午三点左右,她接到一个陌生男子的电话,告诉她在他的公司举行的有奖征集活动中,她获得唯一的特等奖,奖金十万。

"当时我也不相信。我心里想:骗子!以为我是小孩吗?冷冷地说了几句之后就挂了。但没过多久,对方又来电话。他说的那个活动,我仔细回想似乎确有那么一回事。三个月前,我从微信上看到有个公司重金征集标语口号,说特等奖十万元,我也是抱着玩玩、重在参与的心态,用手机编写了一条,发送出去之后也就晾一边去了。若不是那人的电话，我倒忘记了这事呢。他让我加他微信，和我聊了很久。看，这是聊天记录。"

徐大海接过手机，逐一看完了又翻过来再看了一遍，再递给晓白的母亲看。等她也看完后，徐大海说："我觉得不可信。你们听我的分析是否有道理：第一，既然8日举行，为什么明天就要确认去不去？第二，既然获奖了，为什么不去就视为自动放弃？这是最大的疑点。第三条，海内外三万多人参与，没上过大学的晓白随便写的能拿特等奖？"

晓白的母亲听了丈夫的分析，觉得很有道理。

晓白却觉得应该不是骗局。她说："一般骗子打电话、发短信或QQ说你中奖了，你若一搭理，对方会以手续费、税收等各种理由让你汇一笔钱，然后一步步骗你入套。可这回他们只让我去上海领奖……"

不等晓白说完，徐大海打断了她说："你是个涉世未深的女孩。如果让你也能看出破绽，这骗术也太差了，还怎么骗人？"

晓白的母亲也说："还别说，我想起一事。我们老家不是有两个小伙说别人给他们介绍了工作，结果一去就被控制起来，参加了什么传销组织，连电话都联不上吗？"

全家人商议的结果：不可信！不理它！

2日上午，晓白又收到对方的微信，问她是否确定参加仪式。晓白坦率相告："非常抱歉，我爸妈不同意我去，所以，我放弃。"

对方回复了一个惊讶的表情，跳出四个字："不可思议。"

晓白和她父母以为这事就这么过去了，生活会一如既往地平静，如杯里的水，如无人的山谷。

但下午晓白还没出门，手机又响了。又是一个陌生电话。对方称自己是市电视台的记者，说那个奖是真的，可信，劝晓白去领奖。

晓白将手机递给爸爸，对方重复了一遍。晓白父亲坚决地说："别说十万，就算百万、千万，我们也不要。请你们别再打扰我女儿了。"

不等对方再说什么，徐大海挂断了电话："骗子，都是串通好了的。没准还会来个警察的电话呢。"

晓白再次和父母商议："要不让爸爸陪我去？"

晓白的爸妈和她又争论起来。正当晓白气呼呼准备出门时，手机又响了。她一接听，是派出所的，让她赶快确定去领奖。她看了一眼爸爸，心想：让爸爸说中了？真的是一伙的？

她狐疑地又将手机递给老爸，说："派出所的，说可信。"

徐大海一接过手机就吼："我不管你是经理、记者还是警察，我说了我们不去、不要。请你们别再骚扰我们了好不好？"

对方也重重回了句："你们怎么样才相信这不是骗局？你可别把好心都当驴肝肺了。"

徐大海愣了。他沉默了一会儿说："除非……除非你和那记者敢在派出所见我们。"徐大海想，若是骗子，绝不敢自投罗网的。

谁知对方听了哈哈大笑，说："这有什么不敢的？我就在派出所。你们三点过来可以吗？我马上叫那个记者朋友过来。"

当着徐大海一家三人的面，派出所民警将警官证、市电视台记者将记者证掏出来给他们看。徐大海尴尬地说："不好意思，我们也是怕受骗上当啊。你们说这是真的？"

记者说："可以肯定告诉你们，绝对可信。"

原来，公司那位征集活动联络人得到晓白放弃的决定后，觉得太可惜了，也知道她家人是怕受骗，于是，一方面在官方微博发出了一条"帮忙说服十万奖金主人"的消息，旨在证明企业绝对有诚意，活动也是真实可靠的，另一方面，打电话给当地的电视台，希望他们去解释说明。

记者说他也是看了官方微博并致电详细了解确认后，才打电话的，没想被徐大海一口拒绝。记者无奈之下，又打电话给派出所的朋友。

晓白当场立即用手机回复：准时参加，谢谢！

当晚，徐大海一家人兴奋不已。突然，徐大海的手机短信提醒音响了。徐大海打开一看：恭喜。您的手机 SIM 卡号，在我公司成立十周年大型抽奖活动中，抽得特等奖，奖品为×××轿车一辆。如有疑问，请拨打电话……

徐大海将这条短信给家人看了，故意问："信不信?"

晓白和她母亲都哈哈大笑起来，也故意说："信！"

开心无价

独 头 王

　　在家乡的俚语中，固执、倔强之人常被称为"独头"。这类人，说话如滚石头，生硬得很。同样一句话，别人说出来，听着便觉得舒服、容易接受，独头说出来，听着就觉得不舒服、硌得慌。其实这类人的性格是很爽直的。老王就是这样一个人，人称"独头王"。

　　最近，老王的家人越来越觉得他太不像话了。在他没退休之前，他只是在自己家里规定，所有要扔的废品垃圾，必须经他检查后，方可分类扔到垃圾箱去。凡有螺丝、螺帽、垫片、铁钉什么的，不管尺寸大小，他都要留下来。去年退休后，他空闲时间多了，老伴怕他憋出病来，劝他去上老年大学、去垂钓、去打牌，他都只回复两个字："不去。"渐渐地，老伴发现，他时常在外边捡别人扔了的东西往家里带，种类也越来越多了，连别人扔的雨伞也要捡回来进行"解剖"。老伴说："家里啥都不缺，你还要捡啥？"老王头一歪，瞟一眼老伴，说："有用！"老伴说："要用就去买，这么大的人还捡垃圾，不怕人笑话？"老王就来气，说："你甭管！"

　　儿媳妇跟老公嘀咕："咱爸是否得了阿尔茨海默病了？我一同事老爸也这样，在外捡杂七杂八的垃圾往家里塞，他儿子每天傍晚趁其不备又悄悄往外扔。"

独头王

老王有一只木质的"百宝箱",里面放着各种型号的扳手、钳子、螺丝刀、电线头等,还有若干小塑料盒,分类放他的各类宝贝。家里一有什么修修拧拧的事,他就搬出"百宝箱"来,丁零当啷寻找配件。他最不爱听年轻人说"专业的事让专业的人去干,我们只负责付钱"。他看不惯年轻人不拿钱当回事的做派。有一次家里要搞卫生,儿子、儿媳马上说:"叫家政公司吧!"老王独头性子上来了,说:"换个灯泡你们也要叫专业电工吗?你们三餐咋不叫一个专业厨师来烧呢?钱多得没处用了吗?"

老伴、儿子、儿媳对老王都有意见,说他把家里弄成了废品站,唯有五岁的孙子支持他。

那是前不久,孙子最爱的一辆遥控玩具车坏了,他爸爸拿过来一看,果然不动了,就说:"坏了就扔了,买新的。"老王听了拉下脸说:"拿来!"他搬出"百宝箱",将玩具车拆开检查,发现只是一处电线绷断了,他很快就给修好了。小孙子开心地说:"爷爷真厉害!"老王得意扬扬,话里有话,说:"你爷爷十多年机修车间主任不是白当的。花钱买新的算啥本事?不花钱就能修好了,那才叫本事!"

老王教过小孙子一首儿歌——《小小螺丝帽》:路边有颗螺丝帽,弟弟上学看见了。螺丝帽虽然小,祖国建设不可少。捡起来,瞧一瞧,擦擦干净多么好,送给工人叔叔,把它装在机器上,嗨!机器唱歌我们拍手笑。

有一次晚饭后老王出去散步,回来时手里抱着一个电饭煲,老伴一看又阴了脸,懒得说他。他也自顾捣鼓起来,花了一个多小时,修好了,急忙抱着电饭煲又出门了,回家后交给老伴一捆青菜,开心地说:"是前一栋一位邻居要扔,让我撞见,给修好了。

开心无价

这菜是他乡下亲戚家种的。"

这件事后，老王突然有了个主意，他跑了几趟社区办公室后，买了一把大太阳伞回来。老伴问他干什么，老王笑嘻嘻地说："不告诉你。"转天，这把大太阳伞就竖在了小区门口边上。老王坐在一把椅子上，面前一张小桌子，脚边放着他的"百宝箱"，伞下挂着一块硬纸片，上面写着"党员义务服务点"。没几天，整个小区居民都知道这个服务点了，进出大门时，将随手带来的各类物件交给老王，说："王师傅，请您看看能修不，不能修的就给您拆配件吧。"

一天上午，老王刚刚坐定，就有个小伙子过来说："我是街道的，马上有大领导要来，快搬走。"独头王的犟脾气噌地上来了，说："我就不，怎么着？"门卫出来也不知帮谁说好。正在争吵不下之时，三辆轿车到了门口，从第二辆轿车上下来一位四十来岁的女同志，突然一个趔趄，陪同的人一声惊呼，立刻围了过来。那人虽然没摔倒，眼镜却掉到地上。捡了一看，镜片没碎，一边的镜腿却因掉了螺丝脱了出来。这附近又没有眼镜店，临时上哪儿修去？

门卫急忙说："这王师傅会修。"

正在气头上的老王瞪了一眼门卫，头一歪："不修！"

大家告诉他：这位是市长。

独头王说："管她什么长，与我何相干！"

那位女市长走到伞下，看见硬纸片上的七个字后，微笑道："既然是党员义务服务点，群众有需求，为啥又不服务了呢？"

独头王气咻咻道："我哪在服务？我在影响市容！"

女市长依然微笑着说："市容是不能影响，但这一有特色、群众又有需要的服务点也不能少。难道我们就没办法把它办得更好一点吗？"

一个星期后,社区便民服务中心专门腾出了一间房子,门额上写着"党员义务服务站",一边的墙上写着"节俭持家",另一边墙上写着"垃圾是放错地方的资源"。

老王开心地对前来的邻居说:"那天,我那一颗针尖大小的螺丝,作用可大了……"

开心无价

张 喷 嚏

若到永安镇乐安村打听张天星,不少人会说不知道。若说打听"张喷嚏",许多人却会说知道的。

张喷嚏原名张天星,因他每遇惊吓、恐惧、激动、兴奋等情绪大幅度波动时,就会打喷嚏,故而得了这绰号。每次打喷嚏时,他的嘴巴会张得比平时大两三倍,把眼睛也挤闭了,然后头慢慢抬起甚至往后仰,再突然往前一点头,"啊——嚏"!惊天动地的喷嚏声喷薄而出。他个头大,声音也比别人洪亮得多。

起初,张天星并没有意识到这是一种病,认为偶然打个喷嚏谁都难免。打完了,揉揉鼻子就完了。第一次打喷嚏是在他八岁那年夏天。那晚明月皎洁,天气正从闷热向凉爽过渡。五个小伙伴嘀咕了好一阵子,决定去村西头靠近山脚的生产队西瓜地里偷西瓜吃。那时队里的西瓜地每晚派人整夜值班看守,一是防人偷,二是防野兽。五个小伙伴分工,让张天星放风看有没有人朝这边走来,另外四个人分两组,一人摘西瓜一人背袋子,约定只偷四个。谁知一到地头,张天星就开始四肢发抖。被领头的伙计敲了个"栗凿子"才缓了。正当他们四人摸下田时,一只夜鸟"哇——哇——"鬼叫一般,从山脚的树丛里飞起。随即,几乎二三里外的村里人都听到了两声惊心动魄的"啊——嚏"巨响。田里的四个小伙伴仿佛被枪声惊着的小鸟,飞也似的逃了,只有张天星,双脚抖个不停,迈不开步,被看守员抓住了。随后,另外四个小伙伴连同家长当夜就被叫到队部。最后,念在小孩、初犯、未遂的份上,在家长写了保证书后五个小伙伴才被领回家。当然当晚一顿"柴"这五人谁都逃不了的了。第二天,其他四人谁都不理天星。尽管过了几天大家就忘了,但自此后,谁都不叫天星一起参加刺激的活动了。

有一次测试时,天星做不出题目,想拿出书本偷看,见老师走过来了,换作其他同学,无非把书本塞回抽屉也就完了,偏他没完,连发两三声"惊雷",全班同学都往他这边看。打喷嚏本不要紧,要紧的是他一打喷嚏,将书本也打到地上,被老师发现了。

从此后,他怀疑自己打喷嚏是一种病。他父母带他去县城医院看大夫。大夫告诉他们:打喷嚏是鼻黏膜受刺激所引起的防御性反射动作。通常人们打喷嚏有四种原因:要么感冒了;要么患有过敏性鼻炎;要么患有血管收缩性鼻炎;还有一种就是非过敏性鼻炎,对各种过敏原的反应都非阳性,是一种未知的原因。

大夫的话,天星和他的父母都听不懂,却不住地点头同意医生的说法,嘴里不停地说:"您给瞧瞧,该用点啥药?"

结果,钱花了,药吃了,病却未了。他父母后来又几次带他去就诊过,仍然没有效果,他父母后来也失去了信心。加上他们认为平时又没事,也就不管它了。

于是,每到要紧关头,张天星就会打喷嚏。打来打去,就打出了名气、打出了绰号。最被人们乐道的一次,是他相亲那次。

张天星高中毕业后,就到城里一私企打工,几年后,也凭经验当上了企业一个中层。到了谈婚年龄,处过几个,不是对方看不上

开心无价

自己就是自己看不上对方。好不容易经人介绍，认识了一个双方都满意的对象。就在第二次见面时，两人面对面坐在咖啡厅边喝咖啡边聊。聊到动情处，那美女主动俯过身来，在他的前额上亲了一下！他刚好低头喝了口咖啡还未来得及咽下，突然受到美女主动一亲，激动得"啊——嚏"一声，连同嘴里的棕色咖啡，一股脑儿喷薄而出，想扭个方向也来不及了……结果可想而知了。一个喷嚏打走了一个心仪的女朋友。从此，张喷嚏就代替了他的真名。

十年前，张喷嚏退休了，儿子也有了自己的企业，老伴帮着照看孙子，正是生活无比美好的时光。张喷嚏闲来无事，常与几个老朋友玩麻将。

前不久，张喷嚏又和老朋友在村老人协会活动室里玩麻将。说也奇怪，那个下午不到两小时，就将筹码输光了。他打了几个喷嚏，朋友们都嘻嘻哈哈说笑了一番，后继续作战。轮到张喷嚏坐庄时，抓了一手好牌！每人打过五巡后，他就听张和了。做庄、春、梅双花，其中春夏秋冬四花齐，手里牌还中、发、白大会，无字十三台！这样的牌，玩一辈子也遇不上几次呀。

就在此际，只见他又一次张大了嘴巴，把眼睛也挤闭了，然后头往后仰。坐对面那人知道他又要打喷嚏了，急忙往一边避让。他再突然往前一点头，惊天动地的"啊——嚏"声喷薄而出，声音未落，再次张开大嘴，张到一半却突然停了，随后，一头栽在麻将桌上。等送到医院时，已无生命迹象了——原因是脑出血。

张喷嚏肯定想不清楚：自己是死在麻将上的呢，还是死在喷嚏上了？

郑 一 半

在我老家，未娶媳妇一般是不分家的。郑一半却是个例外。

郑一半是乐安镇永安村人，姓郑，绰号"一半"。因方言"郑"与"剩"同音，也有人叫他"剩一半"。他的名气太大了，以至于大家都忘了他的真名。

郑一半是以懒出名的。在校读书时，他往往作业做了一半就懒得做了，所以成绩也一般般，高考未中，就回到了老家。

那时土地还未承包到户，生产队集体出工，工分计酬。成年男子都是记十分的，可他太懒了，所以工分一降再降，降到了五分，剩一半了。也不知哪个高手给取的，"郑（剩）一半"的绰号先是全村知道，接着是全镇知道，到后来全县知道。别人当面叫他绰号，他也不恼不怒就应了。以至于"郑一半"成了"懒惰人"的代名词。每当有人偷懒，就会有人说："你是郑一半啊？"或说："你这郑一半！"

好在没过几年，土地就承包到户了。他父母想这下好了，也不用为儿子只记五分而不舒服了，他应该晓得现在是为自己干活，该勤快些了吧？

可让他父母失望的是，郑一半依然如故。每每父母和哥哥下地

开心无价

干了大半天，他还赖在家里不肯出门。

他父母想，还有什么办法能治他的懒呢？从小打过、骂过都不见效，如今大小伙一个了，再打骂，外人见笑不是？何况他还未娶媳妇呢。所以，当一半的哥哥娶了媳妇后，对小弟懒惰成性渐渐有了看法，提出分家时，父母一想：树大分叉，儿大分家，迟早的事，分就分吧。这也好让一半对自己的田地精心一些，或许能治治他的懒。

可郑一半依然如故。他哥哥和父母见他那份田地死不死活不活的，于心不忍，只得帮着干了。

郑一半到底有多懒？有一年夏收，他爸天还未亮就喊他起来，趁凉快去割稻。他睡眼惺忪，嘟哝说："五更露水白洋洋，勿如中午勿乘凉。"他爸想，那就让他多睡会儿，中午多做会儿吧。半晌午了他才到田里，没干多久，大汗淋漓。他一甩镰刀回家了。他爸嚷："咋这早就回了？"一半气呼呼道："中午日头晒背脊，勿如黄昏干到黑。"他爸想，只要他下午干到天黑，中午让他早回就早回吧。下午太阳都快西沉了他才到田里，没干多久，他妈还未回家做饭，他就上堤岸回家了。他爸喊："你不是说干到天黑的吗？"一半头也不回道："黄昏蚊虫嗡嗡叫，勿如明朝起个早。"一半的三句话，也成了家乡俚语笑谈，专形容懒人有懒理。

这样的懒人，自然是没有女孩会喜欢的了。父母见一半年龄都过三十了，急得左托媒人右托亲眷帮忙张罗，总归是懒名太大而成不了好事。

可世事总有例外，王八瞪绿豆，也有对眼的时候。村里有个姑娘叫小芳，偏喜欢郑一半，而郑一半也只对小芳的话奉若圣旨，小芳让他往东他绝不会往西。小芳的父母听到村民的闲言碎语后，急忙做主将小芳许配给城里一位个体小老板。小芳不同意，她父母便

94

从外人闲话说起，再说到郑一半的懒、小老板的钱，最后以死相逼。小芳屈从了。尽管小芳对一半的感情未到谈婚论嫁的地步，但一半并不傻，知道她有那层意思。所以小芳外嫁他人后，他更不得劲了。谁知只过一年，小芳又离了。原来那小老板虽说有钱，却常在外拈花惹草，还养着好几个二奶。小芳闹过，却被他打得鼻青脸肿，一气之下，离了。好在还没小孩，她只身回到村里。

郑一半重燃希望，他向小芳明确表态绝不嫌弃她。可小芳父母还是不同意女儿跟他过，怕女儿吃苦。小芳跟父母说："郑一半本质并不坏。他好歹也是高中毕业，有文化。他的懒，我有办法治。我相信以后的日子会幸福的。"她父母想想，也只得由着女儿了。

小芳真的没看走眼。自从成婚后，郑一半完全变了个样，让人刮目相看。一半的父母人前人后都说是小芳救了他。起初，一半和小芳就像哥和嫂子一样，在地里刨食。后来，夫妻俩到城里开店做小吃，这辛苦，跟当年夏收夏种的苦差不到哪儿去，郑一半却再也不找理由偷懒，活儿干得有滋有味。有了孩子后，郑一半更是勤快了。有发小问一半娶了媳妇咋就变得勤快了呢，郑一半嘿嘿笑笑，无语。

后来，郑一半看准商机，在县城开办了一家广告公司，生意越做越大，雇员从一两个到十多个。富了的郑一半并没有花天酒地，而是和小芳一起投身公益事业，每年拿出公司利润的一定比例，用于慈善捐款、贫困助学，因而名誉接踵而至，成了全县的名人。

看到报道那一刻，我才知道郑一半的大名叫"郑亦泮"。原来是因他爸姓郑、他妈姓泮取的名。

现在，在我老家，谁若懒惰，还是有人会说："你郑一半啊！"这时，对方就会接嘴说："有郑一半的一半就好了。"闻者无不喷饭。

至于小芳是如何治好郑一半的懒的，谁都不晓得。

开心无价

老倔屈子崛

　　屈子崛绰号"老倔"，是永安镇乐安村里为数不多的吃公粮人之一。当初他爹给他取这名，就是希望他能不负家望、努力"崛起"，为家争光。

　　"老倔"这个绰号，子崛一直不承认，但朋友、同事不管他承不承认，当面背后就是这么叫的，他也拿大家没办法。

　　其实这一绰号还是他娘先叫的。那时子崛还是个婴儿，有一个寒冬夜晚，他娘防他尿床给他把尿，他蹬着一双萝卜似的小腿，拼命地哭，哭得昏天黑地，就是不尿。他爹心烦、心疼了，就说："他不尿就算了嘛。"他娘就将他放回温暖的被窝里，还没等他娘躺好，他就顺顺畅畅地尿了一大泡，洇湿了一大片，气得他娘拎起他就是一屁股捆，还不解恨，怒道："咋就一个倔种！"他爹不满说："你说他扯上我干啥？"他娘说："你不倔？要不要再赶城里去证明一下八元一斤还是八元半一斤？"他爹就不敢再吭声了。原来，在他爹和他娘刚成婚不久，有位村民说今天城里猪肉卖八元一斤，他爹说是八元半一斤。两人争论不下，他爹就硬拉着那个村民赶到城里菜场实地证明。这件事成为村里的一个笑话。

　　屈子崛上学后，那股倔劲丝毫没减。有一回天都黑了也不见他

老倔屈子崛

回家,他娘不放心,赶到村校一看,只见他一个人坐在书桌前。问他怎么不回家。子崛脖子一梗说:"不做出这道题我今晚就不回家!"他娘说:"小祖宗哎,你会做早就做出来了,你不会做,坐三天也没用啊!"他仍不起身。他娘没办法,去叫来老师,在老师的指点下,终于解出来了。也正是凭着这股倔劲,子崛的学习成绩一直名列前茅,成为"别人家的孩子"榜样。高中毕业后,他考进了警察学院,毕业后,分配在县交警队工作,成为一名威风凛凛的交警。

参加工作后,"老倔"的外号叫得更响了。有说他太死板的,有说他不近人情的,但也有人就因为他的"倔"而来感谢他的。

那是一个夏日下午快要下班时,子崛接到报警,说在交警大队附近的自行车道上发生一起单方肇事车祸。他立马和一位同事驾车赶到现场。原来是一位六十多岁的大叔驾驶三轮电瓶车,在驶入车道口时,不小心,与道口的隔离桩相撞,三轮车侧翻,人也摔倒在路面。当子崛和同事赶到时,那位大叔已从地上爬起来,在路人的帮助下,扶起了电瓶车。子崛上前询问,大叔一边擦着额角的血一边说:"没事没事,自己不小心的缘故。"子崛盯着他出血的额角看了看,说:"你还是去医院检查一下,放心些。"

也不知是心疼钱还是怎的,大叔不耐烦地说:"说了没事,不用查。"说着,就坐上车要开走。

子崛不肯放,要他先坐一会儿,打电话叫他家人来接。大叔道:"你这人怎么这么啰唆啊?说了没事,我不用你们管。你们回去吧。"说完,执意发动车子往前开。

子崛的"倔"劲上来了。他让同事开着警车慢慢跟在大叔的车后。开了百余米,大叔停车下来又说:"你们跟着我干什么?我说

开心无价

了没事，你们真多事！"

　　子崛笑笑也不和大叔争辩。大叔上车继续朝前开，子崛和同事依然慢慢在后边跟。路过一座简易小桥时，大叔的电瓶车摇摇晃晃，差一点掉下去。子崛示意同事超车，拦在大叔的车前。大叔情绪激动起来，说他们是咸吃萝卜淡操心。子崛坚持要大叔掏出手机，打电话给家人。大叔极不情愿地掏出手机，拨通后，子崛一把接过手机，让大叔的家人赶过来。大叔要走，子崛说啥也不放行。

　　半小时后，大叔的女儿赶到了。子崛严肃地告诉大叔女儿："你父亲额角出血，必须带他到医院检查一下，没事才好，大家也放心。"等他女儿答应后，子崛和同事才驾车回单位。

　　过了半个月，大叔和女儿一起，竟到交警队感谢子崛来了。原来当晚到医院一检查，竟然颅内毛细血管出血。当天晚上，专家会诊，立即手术，才转危为安。所以，一出院，他们就过来感谢来了。

　　子崛笑笑没说什么，他的同事对大叔和他女儿说："他是老倔。那天你家人若不过来，他会跟到你们家里的，你们信不信？"

　　大叔不知"老倔"是啥意思，见同事这么说，随口接道："老倔好，感谢老倔……"

　　周围的同事一听，不禁哈哈大笑起来。屈子崛也跟着哈哈大笑起来。

　　屈子崛的倔性至今不改。

铁 拐 李

  那是一个初夏的周日下午，我在街上邂逅了正坐着拉二胡的"铁拐李"。他低着头，神情专注，单薄的身子随着幽怨的琴声微微摇晃。在他的面前，放着一个敞开的二胡手提盒，里边躺着几枚少得可怜的硬币，还有一张皱巴巴的五元纸币。

  "铁拐李"真名叫李政委。父母虽然给了个寄予厚望的名字，但他没能当上政委，连当兵机会都没有——因为他右腿残疾。他因常年拄着一根自制的不锈钢拐杖，认识他的人都叫他"铁拐李"。这个绰号和"八仙"沾边，且没有污蔑轻视之意，反而有贴切形象并略带敬意之感，所以他也就默认了。

  "铁拐李"初中毕业后就没再读书，跟着父亲学拉二胡，并和父亲一起在一个民间小剧团里拉了三四年二胡。他父亲的二胡水平本就是"比不会的要好、比会的要差"，所以，尽管李政委接受能力很强，但拉出来根本称不上是艺术。这从他现在所拉的曲子就能听出来。

  "铁拐李，你怎么在这里？"等他自我陶醉地拉完这一曲，我才开口叫他。

  "哦……真巧啊，你……"他的眼里闪过一丝意外。

"你这是在……"

"拉着玩。反正在家是拉,坐这儿也是拉,若有好心人能赏几个钱也好……"说着,腾出拉弓的右手,在右腿上来回摩擦,仿佛在擦手汗。

他告诉我,小剧团没活了,让他和父亲都先回,等有活干再叫他们。他告诉我,他的女朋友因为家里反对,刚分手。

我说:"这里不是谈事的地方,这样吧,明天到我办公室来,我也正要找你谈谈呢!"

我还清楚记得他第一次来我办公室时的情景。

那是两年前一个阴沉的、欲雨未雨的深秋下午,我发现有个年轻人在我办公室的门口张望,便主动问:"你有什么事吗?请进来说。"

那个年轻人就是李政委。他摇晃着身子进来:"我想问一下,我的《残疾证》办了好长时间了,怎么没有钱?"

对我来说,这样的问题我都回答 N 遍了,但我还是尽量放缓语气告诉他:"不是说办了《残疾证》就都有钱拿的。要按照政策,符合条件的经自愿申请,批准后才能享受。"

我起身拿了一本《残疾人优惠政策办事指南》给他:"目前所有的惠残政策都在这里边,符合条件的,就向你户籍所在的乡镇街道残联提出申请。有什么不清楚的,你可以随时问他们或者问我们。"

他道过谢,拄着拐杖摇晃着身子走了。那根不锈钢拐杖和右手时不时往残疾的右腿上摩擦的动作,给我留下很深的印象。

过了个把星期,他拄着钢拐第二次来到我的办公室,问:"我能不能办低保?"

我耐心告诉他:"低保能不能办先得看你的家庭人均收入。"并告诉他办理流程。

"要这样啊?"他喃喃地说,又垂下右手在大腿上来回摩擦,仿佛迷了路一样,"那我得先向镇民政办提出申请呀?"

此后一年多,我再也没见到他,不想这次在街上遇到了他。

周一上午一大早,他就来到了我办公室。他说了好多他的事后,我问他:"你将来有什么打算?"这个只有知心朋友之间才会问的话,让他愣了一下。

"不知道。"他有点迷茫地说,"小剧团有演出就去拉二胡,不行就去哪个厂找点活干,只求能把保险缴了,以后老了也就有个保障了。"

我问他:"你喜欢二胡吗?"

他说:"当然,我开心时要拉,难过时要拉。虽然拉得不好,但拉拉二胡,心里就舒服多了。"

"哦,那就好。"我将约他来要谈的内容仔细地告诉他。他听完后,睁大了眼睛,不相信似的,问:"还有这等好事?我可以吗?无论如何我都要去!家里那边我会争取,这边请你们多多关照!"

"你不用客气,政策范围内我会尽力的!"

他又垂下右手,在右腿上用力来回摩擦,仿佛擦好了残疾的腿。

再次见到"铁拐李",是三年后在县里举办的中秋大型文艺会演上。在这三年中,我只接到过他的一个电话,是向我报喜的。我

开心无价

在电话里说:"我真心为你取得的进步高兴。不过别骄傲。"他开心地说:"我会珍惜这次机会的!"

当主持人宣布下一个节目二胡独奏《战马奔腾》,当他拄着那根我熟悉的不锈钢拐杖、提着二胡出现在台上时,我不禁惊呆了:他与三年前已判若两人,举止充满自信,目光饱含坚定。近千人的剧场,也许因为他拄着不锈钢拐杖上台的意外而突然鸦雀无声。

空旷的舞台,辽阔的草原。一匹、两匹、无数匹战马从他手中的二胡里奔腾而来。战马奔腾,万马嘶鸣,"铁拐李"也成了其中的一匹战马,在舞台上神驰。一曲戛然而止,掌声在几秒钟的寂静后忽然雷动,仿佛战马再次奔腾。不知是谁,喊了声:"铁拐李,再来一个!"渐渐地形成全场有节奏的呼声。女主持人笑盈盈道:"既然大家这么热情,那么我们就请李先生再来一曲吧!"他拿起面前的话筒,拄着铁拐站起来,向观众先鞠了一躬说:"谢谢乡亲父老。我是一名残疾人,曾经消沉过、迷茫过。我有今天,要感谢政府,感谢残联组织。是残联的推荐和支助,我才有机会到省音乐学院学了三年二胡。为了表示谢意,我再为大家演奏一曲《江南春色》……"

我不知道"铁拐李"最后是怎样谢幕的,我只知道自己已泪流满面,也不知道是他的曲子还是他的蜕变感动了我。

会演过后几天,"铁拐李"又来到我办公室,告诉我他被文化局录用,安排在文化馆工作了。他还告诉我,他新找了一个女朋友,在医院工作的。

再后来,有事没事,我也会到他那儿坐坐,只要他不忙,就会为我拉上一两曲。有一次,我心情不好,跑到他那儿,让他给我拉一曲《二泉映月》。他愣了一下,自作主张地说:"还是来一曲

102

《阳关三叠》吧!"

　　嗨,这小子,居然连我提的要求都不予满足。

　　"劝君更尽一杯酒,西出阳关无故人。"他第一次为我边拉边唱,原来他唱得还真的不赖。

　　随着最后一个音符在他指间渐渐消逝,我的心情居然渐渐晴朗起来了。

开心无价

李 阳 春

那是 20 世纪 80 年代末。

刚大学毕业的李阳春还是一个青春小伙,被组织分配到一个小乡镇工作。乡党委政府开了个会,让李阳春先负责乡团委和文化站的工作。

那时的大学生,一个县也没几个,去乡镇工作,更是凤毛麟角了。农村户籍的孩子若能考上大学,就有"鲤鱼跳龙门"之说,不啻古代中了状元。

李阳春从原来负责共青团的同事手里接来的资料,只有一本《团员名册》。为了了解各村的团组织现状,李阳春通过乡广播转播站,通知第二天下午召开各村团支部书记会议。那时还没有手机,电话也没普及,而村村户户都有广播,乡里有转播站,各村有转播点,有什么大小的事儿,都是在广播里喊的。

出乎李阳春的意料,参加会议的二十八个村只来了八个团支部书记。

随后两个月里,他逐村走访各村主要干部。有的村干部说,还有这个组织?有的说,反正不起什么作用,团支部书记也是挂挂名而已。

李阳春回来向乡党委副书记做了汇报，提出自己的主张，认为共青团员是党的助手和后备军，是党联系青年的桥梁，建议今后发展党员，必须在优秀的共青团员中挑选。

在乡党委的支持下，经过一个半月的努力，各村重新完善、健全了团组织。年底农业税、教育附加费征收这两项让乡领导头疼的工作，由团员带头，推进迅速，大大出乎乡领导的意料，乡共青团工作得到了乡党委、政府的肯定。

乡政府门口是一条大马路，也是全乡唯一的一条集市街道，每逢农历三六九集市。路边一墙壁上有一废弃多年的黑板，贴满了各类小广告纸，画着乱七八糟的图案。李阳春觉得不利用起来怪可惜的，就花了一下午做了清理，并请人重新漆了一遍。在国庆节前夕，出了一期"国庆专刊"。他在黑板上认真地写着：

我爱我的祖国

　　我的祖国山川壮丽幅员辽阔
　　滚滚长江滔滔黄河
　　昆仑莽莽五岳巍峨
　　五湖胜景四海碧波
　　天山飞雪妖娆南国
　　青藏云曲长白山歌
　　苍天厚土养育你我
　　……

边上不少村民见有乡干部在出黑板报，都围过来看稀奇。

李阳春正写得起劲，有个四十多岁的秃顶中年男子说："写这些干啥？还不如我画一幅画好看。"有人怂恿道："你画来看看？"他便捡了一截粉笔头，也不管李阳春同不同意，在黑板空白处竖直画了两条直线，又在中间下部画了个"人"字，在上部画了两个圆圈，再在圆圈中心点了一点。整个作画时间不到五秒钟，李阳春想阻止都来不及。围观者见了都哄笑不止。

李阳春问："你画的什么呀？"

众人笑得更开心了。那秃顶晃着光头说："小伙子还没对象吧？连女人都不知道？"

有人问："秃子，什么时候娶的老婆？画得蛮像嘛……"

李阳春涨红了脸说："无聊！庸俗！"

在众人的哄笑声中，李阳春拿粉笔擦三两下就把那人的"杰作"给灭了，并严肃道："这是乡党委政府的宣传阵地，你们谁都不能乱涂乱画，否则要追究责任的！你们喜欢看什么内容——当然指健康、有益的内容，可以和我说，我找来再刊出给你们看。"

有人便认真地说："告诉我们当前农作物如何管理？什么虫用什么药？"也有人说："告诉我如何合法赚钱？"还有人说："告诉一些与我们农民密切相关的国家政策。"

李阳春高兴地说："好，好，过一个星期，我就刊出相关内容。"

果然，此后一星期一期，内容丰富多彩，三餐五刻，间或有人捧着碗边吃边看，集市时，或非集市时，也常有人驻足黑板前。

眼见快到元旦了，李阳春召集各村团支部书记商议，决定以乡团委和文化站名义，奉献一台元旦文艺晚会。那时央视"春晚"刚刚举办了几届，各类新颖的节目形式深得大家喜欢。大家群策群力，有一村出一个节目的，也有几个村共出一个节目的。经过李阳春确定，节目既有独唱、合唱，也有舞蹈、相声，既有快板、三句半，也有二胡、笛子演奏，还有小魔术，丰富多彩。

经过近一个月的排练，终于到了演出那天。晚上，乡大会堂人头攒动，被挤得水泄不通。演出取得出乎意料的成功。乡领导十分高兴，前来观看的村民十分高兴。许多年后，这台晚会仍被大家所念叨。特别是李阳春自编自导自演的一个小品节目，反映农村小伙子"小二"在练武过程中偷懒闹出的一系列笑话，让大家笑声不断，以至于后来大家碰到他都不喊"李同志"或"李阳春"，而喊他"李小二"，李阳春也笑呵呵地应了。

两年后，李阳春被高票推选为副乡长。

开心无价

领 跑 者

  早上晨跑,老远就听见前方相向而来有一个人在叫我。我原本近视又带老花,因锻炼会出汗,就未戴眼镜。直到来人停在我眼前,我还是愣了一下,一时间还认不出来。

  那人说:"好久不见,你也在早锻炼啊?"

  一听声音,我脱口而出:"张三皮,是你呀!我是难得出来一跑的。你怎么牛牻变瘦骡了?我都认不出来了。"

  "唉,说来话长啊!"张三皮笑了笑说,"这样吧,我约几个同学,晚上我们一起喝咖啡。五年未见了,咱们好好聊聊。时间和地点,我中午前发你微信。"

  整个上午,我的脑子里一直在想着张三皮。

  "张三皮"是他的绰号,他的真名叫"张波",只因他写字潦草,一个"波"字变成了"三皮"两字,同学们就都叫他张三皮。他是我比较聊得来的同学之一。他不是在南方做餐饮生意吗?五年前的同学会时,他满面春风告诉大家,到了他所在的那个城市,一定要告诉他,他会安排接待同学。从他的言语中,分明可以感觉得出他在那边混得不错的。怎么回来了?原来胖胖的身子,就像吃饱饲料的牛肚,现在怎么瘦得像饿急了的骡子?

所有的疑问，我急想解开。

晚上，茶座。柔和的灯光，舒缓的音乐，还有芳香的咖啡，氤氲着五位同学。

我迫不及待提出心中的疑问。

张波抿了口咖啡，缓缓道出了他这些年来的生活。

他说，出门八年了，先从做早点小吃开始，一年后盘下一家店面，开起餐馆，把家乡民间久负盛名的"仙居八大碗"土菜推广出去，取得了意想不到的成功。上次同学聚会时，是他最好的时候，开了两家连锁餐馆，并从村里带了十多名亲戚和乡亲帮他打工。据他自己说，一年挣个四五十万是很轻松的事。三年前，他姑父兄弟的儿子从他那儿辞了职，在他餐馆不远处开了一家同样的餐馆。张波心里虽不高兴，却也不好说什么。让张波没料到的是，随后，原本跟他打工的三位亲戚和四位邻居，也纷纷效仿他姑父兄弟的儿子，在他的餐馆附近开同样的餐馆，每家餐馆都说自己是正宗的"仙居八大碗"。

张波告诉我们，他曾做过市场调查，那个内陆城市，人口虽不到百万，开设十多家性质相同的餐馆本应不成问题，问题是不能扎堆开设在同一大街附近。他也曾找他们商议过，但他们听不进他的意见。由于一下子冒出八家一样的餐馆，生意骤然冷清，各家又采取相互压价竞争，一年的收入不足十万。这样的收入，对夫妻店来说还有坚持下去的兴趣，对张波这样要聘请服务员的大饭店来说，已没有继续的必要了。最后，张波只好转让了两家餐馆，回到了家乡。

我们几个同学都认为这帮亲戚和邻居是"白眼狼"，怎么能恩将仇报呢？

张波却说:"他们帮我打工,拿的是清水工资。想多赚点钱、过上更美好的生活,这是人之常情,我能理解,我不怨他们。"

他话虽这么说,但我分明闻到了他话里那一丝咖啡的苦味。

"那你接下来打算做什么?"我们问他。

张波说:"不瞒你们说,我有一个远大计划,正在实施之中。"

他又抿了口香醇的咖啡,接着说:"我回来半年多了,为了减肥,每天坚持运动。我加入了路跑队、户外健身俱乐部,结识了不少朋友。还有几个朋友是开大型健身房的。在和朋友们的闲聊中,我发现了一个商机。"

他见我们听得很专心,故意停了下来不说。

"死三皮!快说啊,啥商机?我们是否可以凑股份?"

张波哈哈一笑,说:"为了不伤同学情谊,我暂时没有集股的考虑。因为任何生意,都有风险的。万一我到血本无归之日,你们同学能赏我口饭吃就行了。"

大家说:"你只顾自己发财,不带我们一起致富啊!"

张波说:"只要我能发财,同学们有什么难处,我也会帮的。"

"还是先说什么商机吧?我们帮你分析分析。"

张波说:"经我半年多观察,我发现咱们县城还没有一家上规模的、与运动系列相关的商店。目前,随着人们生活条件的不断提高,大家健康意识越来越强,参加运动的人越来越多。我想投资注册一家公司,专营与运动相关的产品,不仅卖运动器具,也卖运动服装;不仅针对室内运动,同时针对户外运动……"

我们不禁都为他敏锐的眼光叫好。

我笑着说:"你就不怕我们,还有你那些在外经营'仙居八大碗'的'白眼狼'们回来,看你能挣大钱,也在你边上开同样的店面?"

张波又是哈哈一笑:"不怕。如果我能成为'领跑者',那是我的荣幸。当你们或他们来跟着我跑时,说不定我要开始领飞了呢!"

"来,让我们以咖啡代酒,祝三皮的远大理想早日实现!"

在我的提议下,大家共同举起咖啡杯,轻轻地碰了一下。

我竟品出咖啡的甜味来了。

开心无价

证　　明

前不久，王诚偶从朋友口中得知，苏州吴宅有《四时读书乐》的砖雕门楼，便心痒难耐。这是他未曾见过的砖雕介质。双休日时，他便独自驾车长驱三百五十多公里，奔向姑苏城。

三十多岁的王诚是某局副局长，他虽未在文化系统工作，但对当地的历史文化颇有研究，尤其对宋末元初诗人翁森钦慕不已。

翁森，字秀卿，号一瓢，今浙江仙居双庙乡下支村人。他有一组流传甚广、歌咏一年四季读书情趣的劝学诗《四时读书乐》，清朝时被收录于《四库全书》，民国初作为国文教科书首篇教材，台湾地区的语文课本至今保留此诗。1954年除夕夜，蒋介石在宋美龄画的梅花图上题"数点梅花天地心"，即为《四时读书乐·冬》之尾句。历代名家如文徵明、赵孟頫、成章王、林则徐、李鸿章、丰子恺等，都有该诗的书法、美术作品传世。

每当得知哪里有与《四时读书乐》相关的东西发现，只要条件允许，王诚必心怀朝圣之意前往。前年，得知广东汕头澄海区的冠山书院（广东现存四大明代古书院之一）门墙上有四块石刻《四时读书乐》，他便于五一假期去了。去年，得知山西晋中一古代庄园有《四时读书乐》影墙，他又趁十一长假去了。

四五个小时的驾车竟丝毫不觉得累。想当然地赶到位于山塘街的苏州吴宅庄园，一处环境非常清静幽美的私家园林，闹市中的桃花源，原为著名舞蹈艺术和理论家吴晓邦的故居，现为红茶、红酒体验中心。一问，都说砖雕有，但没有王诚要找的内容。问他们是否知道《四时读书乐》砖雕门楼在哪，回答说不清楚。王诚傻了眼。再一问，原来苏州城里竟有大小吴宅二十多处。

不知所去的王诚回到车上，灵机一动，上手机百度一查，还真让他从大海里捞到了自己想要的那枚针。原来是在大石头巷的吴宅——清乾隆年间苏州文人、《浮生六记》作者沈复故居。

王诚大喜过望，立即调转车头，循导航前往。一到那里，不禁大失所望：斑驳的泥墙、简单的条石门框，全然没有预料中苏州园林的秀美玲珑影子，只有门边墙上嵌着的一块"江苏省文物保护单位"的黑色花岗岩石碑，似乎在无声证明着什么。

是这儿吗？王诚将信将疑迈入门厅，来到一个院子。回头一看，哇，三米多宽硬山式屋瓦下，正是一座精美绝伦的砖雕门楼。原来姑苏古城的门楼朝内不朝外，有韬光养晦、富不外露之意。王诚急忙瞪大眼睛，仔仔细细搜寻每一块砖雕，却并没有与《四时读书乐》有关的内容。

喜悦的花朵未曾开放便枯萎了。难道又错了？

王诚看到一位七十多岁的老奶奶，便过去礼貌地向她打听。老奶奶说："这吴宅有前后两进院落，你要找的门楼在后边的院子里。"

王诚喜出望外，连声道谢，急忙穿过一条狭长的弄堂，来到后进院门前。

不料院门紧闭。

王诚深吸了口气，平静了一下心情，小心翼翼地叩响院门。

过了一会儿，院门开了一条缝，透出半个头发花白的男人脑袋。

王诚急忙叫了声"老爷爷您好"，并说明来意。老人面无表情道："这是私人住宅，谢绝外人参观。"言毕就合上了那道门缝。

王诚沸腾的心一下又跌入冰窟，有一种说不出的委屈从眼底冒上来。他忐忑地再次叩门。门再次打开一条比刚才大一点的缝。王诚看清是一个七十多岁、一米七个子、头发花白却精神矍铄的老人，急忙将自己如何历尽千辛万苦找到这里、砖雕对仙居家乡如何意义重大说了一遍，言诚词恳。老人说："正因为这门楼非常珍贵，为了保护，才不让外人随便进出的。"

在王诚苦苦相求下，老人问："那你有证明吗？"

我有身份证。王诚欲取，只听老人说："这个人人都有。你去街道办事处证明你的身份再说吧。"说完又合上了门。

不到黄河心不死的王诚辗转找到沧浪街道西美社区主任，并说明来意。主任说："没单位介绍信，我怎么证明你是哪个单位的呢？"

正在无计可施之际，王诚说："有了，你看。"他掏出手机，打开手机上的"学习强国"APP，里边有单位名称、个人姓名、职务。当主任看到王诚的学习积分比自己高一倍多时，他赞赏地说："啥也不用说了，我信。我马上为你联系，但吴老做事谨慎，能否同意还要看他。"

主任打通电话，用方言说了一会儿后，看着满眼期待的王诚说："对不起。"

王诚"啊"了一下，满脸失望。

主任却紧接着说："吴老同意了。"

王诚被主任的幽默吓了一跳，一把握住主任的手连声道谢。

第三次叩开院门，老人引王诚入院。回身一望，正是自己要找的宝贝。面对这难以言表的、精雕细琢的《四时读书乐》砖雕门楼，王诚被震撼了：六米高、三米多宽的单坡硬山式门楼，分上枋和下枋，中间字牌镌刻楷书"麐翔凤游"，上枋和下枋青砖雕刻精致，或圆雕或镂雕或浮雕，雕刻深达七厘米。"四时读书乐"画面雕在下枋，自东而西四组人物，体态丰满、表情生动，衣冠清晰、褶皱自然；楼台亭阁瓦楞整齐，花草树木纤毫毕现。分别在适当位置镌刻着翁森《四时读书乐》每首的最后一句：春时的"绿满窗前草不除"、夏时的"瑶琴一曲来薰风"、秋时的"起弄明月霜天高"、冬时的"数点梅花天地心"诗句。四组画面意境虽分，布局则合而为一，犹如山水人物长卷。

这一刻，王诚觉得一切的付出都值了。

开心无价

打 呼 噜

　　王立平从省城开会回来，和妻子说起一件让他很郁闷的事。
　　那天晚上，王立平与一名陌生的同行住一起。两人相互介绍，气氛还是很友好的。晚上十点多时，王立平仍低头玩自己的手机，突然听见邻床上传来呼噜声。他抬头一看，刚才一直在看电视的室友，居然没盖被子，就已呼呼大睡了。王立平一惊，他最怕出门和打呼噜的人同室而睡了。他大声叫醒室友盖好被子，室友惊醒后，嗯嗯应了声，随后就宽衣解带，钻进被下，正式睡了。
　　王立平见状，也立即扔了手机，想在室友入睡前先睡着。奈何他还未曾朦胧而邻床的呼噜声已如一阵轻烟，向他弥漫过来。他故意大声咳嗽了一下，还真立竿见影，呼噜声戛然而止。他转了个身，希望自己借这短暂的安静快点入睡。可未等他辗转妥当，邻床的呼噜声又响了。这回不是轻烟了，分明是汹涌潮水向他拍来。他再次咳嗽，却无效了。他忍了一会儿，希望室友能转个身、暂停一会儿呼噜，但对方一直没有要侧转之意，呼噜声有增无减。王立平觉得似有千万把无形的刀刺向双耳。他又仰躺过来，伸手在床头拍打了一下。潮水退了一下。他一阵窃喜，想让自己快快入睡。但室友的呼噜比他的睡意来得要快要浓，先是钝锯锯木头，再是打气筒打气，到后来简直就是飞机不断升降了。

王立平忍无可忍，掀了被子，趿双拖鞋，来到卫生间。他很想抱被子过来，躺浴缸里睡，可浴缸刚用了不久，还是湿漉漉的。他被迫回到床边。"飞机"仍在高频率地升降。王立平将自己扔回床上，随手抓过枕头紧紧捂住自己的耳朵，心烦意乱地想：今晚玩完了！

也不知自己是怎么睡着的，等王立平惊醒过来，已是可用早餐时间。室友见王立平醒了，开口道："你醒了？你的呼噜打得可真响！都吵得我睡不着了。"

"你……你……我……我……"

王立平"你""我"了好几回，还是将到嘴边的话咽了回去。反正都已过来了，下午就各回各的家了，说了有什么意思呢？

不等王立平说完，他的妻子已笑得直不起腰了。王立平恼怒地瞪了妻子一眼："有什么好笑的？难道我真的……"

他妻子边笑边说："你少安毋躁，答案明天揭晓。"

转天早上，王立平睁开眼睛时，发现妻子正用狡黠的眼神看着他，笑得意味深长。

"你干吗这样看着我？"王立平问。

"你自己听听。"她点开手机，呼噜声立刻传了出来。这虽不是大浪拍礁、飞机起降，但绝对是履带装甲驶过石板地面的气势，而且驶半分钟还要歇半分钟呢！

"原来我真的……那你怎么都不说呢？"王立平问。

妻子说："好在你都是下半夜打呼噜，那时我早已熟睡。城里不是不让养公鸡吗？我就当你是在打鸣叫早了……"

"你才是老母鸡呢！"王立平一把将生肖属鸡的妻子抱住，用嘴巴去呵她痒痒。

没过多久，王立平又要出差。他吸取了教训，随身携带了两副海绵耳塞。入住当晚，他对室友说："我可能会打呼噜的，也许会影响到你。如果真的这样，你就用这个抵挡吧，效果还不错的。"说着就递过一副未拆封的耳塞。

那位室友友善地笑笑，没说什么，接过耳塞，随手放在床头柜上。

王立平虽然做好了准备，可这一夜却风平浪静，睡得很香。第二天早上一醒来，瞥见昨晚给室友的耳塞仍原封不动放在床头柜上，立即问室友："昨晚我打呼噜了没有？影响到你了没有？"

"还好！"室友笑笑回答。

"还好？那就是说我还是影响你了。"王立平不安地、内疚地说，"那你怎么不用耳塞呢?!"

"没事，没影响。"室友笑笑回答。

"有影响就说有影响，不必说违心话。"王立平嘀咕道。

室友一听，收起了笑容，不再搭理。

"我也不是故意的。我给你耳塞了，是你没用。我昨晚真的没打呼噜？"

室友似乎想说什么，但扭头用早餐去了。

回到家他又和妻子说起早上的对话。妻子笑着用食指戳了一下他的额角："你呀你，书呆子！"

丽 音 在 耳

　　那是哪年来着？已记不清了，反正那时手机还没有 QQ、微信、导航那些功能，只是用来通话、发短信、看时间的。

　　那年金秋十月，我有幸被邀请赴北京参加行业的年会，心里既兴奋又忐忑。我虽已年过半百，却还没去过首都。通知上，会议的时间、地点写得清清楚楚，可我心里却是一本糊涂账。

　　正准备找《全国交通地图册》时，有人给我打电话。

　　"喂，您好，是孙剑平老师吗？"

　　一个婉转清纯的女声，一口动听标准的普通话，如天籁之音。

　　我急忙回答说："我是，请问您是……"

　　对方说："孙老师您好，我是本次年会的会务接待组的张小丽。"

　　我急忙回道："张老师您好。"不相识的人，叫老师肯定没错，何况对方是国际大都市的，我特意用了"您"字，以示尊重。

　　手机里涌出一串"咯咯"的笑声，仿佛是一只欢快的百灵鸟在耳边鸣叫。

　　她说："您别客气，叫我小丽好了。"

　　她问我会议通知是否收到，是否确定参加。我一一做了回答，并如实相告这是我第一次去北京，担心走丢了。

开心无价

　　她耐心安慰道："您不必担心。您买好机票后，告诉我航班号和起飞时间，我会去机场接您。"

　　那太好了！我心里的一块石头终于落地。

　　放下手机，我的耳边依然回荡着如百灵鸟般清脆悦耳的丽音。听这声音，比我那三十岁的女儿还嫩。我心里在猜想：她也应该在三十岁左右吧，声音那么好听，又被选为会务人员，准是一个黑发披肩、窈窕标致的美女。

　　心里没了负担，心情便如这一季节，秋高气爽起来。

　　我买了机票立即告诉她，我上了飞机也立即告诉她。一路上，心情愉快，心也生出翅膀，迫不及待飞向北京，仿佛不是去开会而是去约会。

　　在南苑机场下了飞机，刚走到接机大厅，忽听有一个女声在叫："孙老师，孙老师。"那声音分明就是张小丽的。

　　我顺声搜寻，果然发现一位三十岁左右的漂亮姑娘，边挥动着右手边在喊，声音不高不低，既让人听得清又不觉得喧哗。

　　我快步向她走去，开心地说："你就是小丽老师？"

　　谁知她呆了一下，正想说什么，我身边一位中年妇女伸手与姑娘相握了，然后热情相拥，边说边转身走了。留下尴尬的我，恨不得有条地缝好钻。我恍然醒悟：我和张小丽没见过面，她怎么会知道我的长相呢？我往左右看了看，不少人举着的纸牌上并没有自己的名字。

　　我猛拍了下自己的脑袋，掏出手机，也顾不上漫游费贵了，立即打电话给她。

　　嘟了两声，手机里传出熟悉的声音，标准的普通话依然那么好听。

"孙老师您下飞机啦？我刚才打您几次电话都关机，估计您还在飞机上。实在不好意思，我这边会务太忙，一时抽不开身，请您原谅。"声音里满是歉意。

我连说："没事没事。"

她在电话里详细告诉我，如果坐公交，在什么地方上几路车，过几站，再转几路，坐几站下来，再往哪个方向走多远就到；如果坐出租车，告诉司机大厦名字就行，车费大约多少。末了，她说她会在大厦门口恭候我。

我恨不得立即见到这只百灵鸟，便毫不犹豫打了个的士。半小时后，司机说到了。我看了眼大厦的名字，没错，便整了整衣襟，用手梳了下头发，拉着行李箱朝大厦门口走去。

门口并没有我预想中的美女，我就径直往里走，刚进大门，有一位留一头齐耳灰白头发的中年妇女，正从里往外走。我不在意地瞟了一眼，擦肩而过。

我走到前台，里边有三位漂亮小姑娘。我问其中一位："请问张老师在吗？"

那小姑娘疑惑道："哪个张老师？"

我说："张小丽老师。"

她指向门口说："刚去门口的那位就是呀。"

啊？我一时蒙了。那声音，这年龄，怎么会呢？我呆了几秒，折回到门口，小声叫道："张老师，您好。"

"哦，您就是孙老师呀？"张小丽用目光打量了我，声音依然三十岁似的。

我不好意思结结巴巴地说："是，是我，我们，刚才……"

我其实很想说，听你的声音，我还以为你是个小姑娘呢。但又

开心无价

觉得不妥,就努力按捺着冲动,没说出来。心里满是歉意和自责。

她说:"您一路辛苦了,先去登记入住吧!"

办完手续,在带我上楼的电梯里,她说:"电话里,听你的声音,还以为你是个小伙子呢……"

原来听音猜人的,不只我一个呀。

我嘿嘿一笑,心里的内疚和自责感忽然减轻了许多。

1990 年的电话

张全友至今记得，那是 1990 年盛夏，一个炎热的中午。

那年，二十六岁小伙张全友刚从乡镇调到县里某部门工作不久。那天上午，张全友的一位在城里的亲戚赶到他办公室，让他妈下午来城里一趟，说有要紧事情要商量。张全友等亲戚走后，就拿起办公室的电话，拨了号，可听筒里传出的不是等待的长音，而是短促的"嘟、嘟、嘟"忙音。

张全友家里并没有电话，但村口的供销社有一部电话。那时的电话还是个稀罕物，刚从手摇接转式改为程控式，只有机关企事业单位这些"公家"才有，私人架装电话，那是想都不敢想的。在外的村民有什么事要往家里联系的，都得央求供销社的人代为转告。若那家的人那几天刚好到供销社而接电话的人刚好记得，那倒能及时告知。若那家的人三五天没去供销社，或者去了但接电话的人不在或忘了，那就等于没打了。

张全友的姐夫在离供销社不远处开了家电器修理店。供销社要接电、要修理电器，他都免费上门服务。作为回报，供销社领导允许他暗中从社里的话机下分接一部电话，并约定：电话铃响时，先由他们接，若不是他们的电话，让对方再打一次，他们那边不接，

开心无价

他这边再接。这等于把原来要麻烦供销社的杂事,都由全友姐夫承接了。村民能及时接到信息,供销社能得到免费涉电服务,全友姐夫生意也越做越好。

张全友的老家离县城有十多公里。这距离说远不远说近不近,步行需要两三个小时,骑自行车也得要一个多小时。砂子路面的公路,晴天一身土,雨天一身泥;冬天手脚麻木,夏天大汗淋漓。自从姐夫店里有电话后,张全友有什么事想要和父母说的,只需与姐或姐夫说一声,就能马上传到,免了来回奔波之苦。

过了十来分钟,张全友再次拨打,听筒里传出的依然是"嘟、嘟、嘟"的忙音。

张全友心里在不断地祈祷:快点接听呀,若电话打不通,就得自己赶一趟了。在盛夏正午的烈日下,在灰尘满天的公路上来回骑两个多小时的自行车,想想都有点腿软。

张全友再次拨打,听筒里传出的还是短促的"嘟、嘟、嘟"忙音。

耶,真奇了怪了!哪有通这么长时间电话的?都半个多小时了。

张全友的犟脾气不知不觉冒了上来。他每隔三五分钟就拨打一次,但每次都是忙音。直到上午下班,电话依然没通。

满心疑惑、恼火、无奈的张全友,匆匆吃了午饭,只好冒着白晃晃的、能灼焦皮肤的烈日,佝偻着,蹬着自行车向老家奔去。

一路上,声嘶力竭的蝉鸣声从耳孔直钻心房。绵绵不断的汗水从每个毛孔汹涌而出。嘴里呼出的每口热气,似乎碰见什么都能起火了——如果电话能通,这份活罪本可以不用受的呀!

为了弄个明白,张全友骑到村口时,车龙头一转,进了供销社。

他停好车走进售货厅，七八间屋长的大厅没一个顾客，柜台里坐着一个三十岁左右的女人，正吮吸着棒冰。四五只吊扇在楼板下呼呼转着。

　　张全友边抬手擦汗边往放电话机的地方看：原来听筒没放在电话机上！黑色的听筒拖着黑色电线，像一只硕大的死老鼠，仰躺在窝边。

　　室外所有的热气，仿佛刹那间全聚集在全友的心中，并呼地一下冲向脑门。

　　"你们这是什么意思？为什么不放好话机？"

　　那女人呼地站了起来："你算什么东西？我电话放不放好你管得着吗？"

　　"那你们装什么电话？"

　　"我们装电话踩着你尾巴了？"伶牙俐齿，口不饶人。

　　气温骤升。蝉的躁鸣、令人窒息的闷热、风扇的狂转、内心的怒火，混合成威力无比的炸弹，瞬间炸响了。

　　血气方刚的张全友见讲不过那女人，转身就往外走。那女人却像一只受刺激发疯的母狮，不依不饶，从柜台里冲了出来，追着全友，跳着脚、拍着腿，骂个不息，泼妇一个。

　　张全友见女人追到身边，忍无可忍地抬起右腿，踹了过去。

　　母狮捂着肚子，跌坐在地上，号啕大哭。张全友跨上车，往家里去了。哭声引来另几位正在午休的售货员。

　　父母听儿子一说，就说："孩子，你闯祸了。不管怎么说，你先动手打人就是你不对了。快叫你姐夫来，商量一下怎么办好。"

　　姐夫过来一听，铁青了脸："你咋好遇不遇偏遇上这个'碰着起青泡'的人呢？这下好了，电话没了……"

开心无价

"先不说别的，怎么办好呢？"母亲忧心忡忡地说。

姐夫想了想，说："还能怎么办？道歉说好话去呗。去之前，我们先去老村支书家一趟，求他老人家出面帮忙讲和，看对方是否能给个面子……"

冷静下来的张全友懊悔不已，不想自己一时的冲动竟惹下这么大祸。

此事后来在老村支书、姐夫、社长、与对方老公关系非常要好的舅舅等人多次出面讲情下，总算得以平息（好在那一脚没踹出什么伤害），但张全友还是花了半个月的工资买礼物。

有了这次教训，张全友在后来的工作、生活中，每当要冲动时，就会想起此事，处事也就成熟了许多。

看到现在通讯如此方便、交通如此便捷，张全友就不禁感慨万千：当初若这么便捷，也不会有那事儿了。

得　失

　　蒋副县长认了个干妈，那是两年以前的事了。

　　那年春节前，县里安排慰问活动，蒋副县长带领的那一小组来到本县一个最偏僻的革命老区。乡长又领着他们来到一个更偏僻的小山村，在村旮旯一间破旧低矮的瓦房里，见到了一位头发白且乱的老大娘。老大娘的双眼挺精神的，耳朵却不好使。乡长在她耳边大声地说："县长来看您啦！"老大娘盯着这批不速之客，茫然地"哦"了一声。

　　听陪同前来的党史研究室和民政局的同志介绍，蒋副县长才知道，眼前这位老妇人原来是解放战争时期我党在本地的重要交通联络员。这间不引人注目的小矮房就是当年保护过许多革命同志的联络站。她丈夫在一次与国民党兵的战斗中牺牲了。她唯一的一个儿子，1949年被反动派抓了壮丁，至今下落不明。有人谣传她儿子还活着，在台湾，很有钱。如今老大娘孤身一人，成了五保户。县民政部门每个月发给她一定数量的补助金。

　　当蒋副县长听说当年曾在她家待过的许多年轻人，中华人民共和国成立后在省里、中央里当了大官，有几个还来看望过她时，心里一震，大为感动似的，说："大娘，您为革命做出很大贡献，理

开心无价

当受到人们的尊敬！我从小就没了娘，我爹一人把我拉扯大。八年前，我爹也去世了……您如果愿意，就做我的干娘吧！"

恳切的言辞使在场的人无不动容。乡长附在老大娘的耳边大声说："蒋副县长认您做干妈，您愿意吗？"

大娘看着乡长，说："蒋……讲什么？"

乡长又重复了一次。大娘听清后，呆了呆，才平静地点了点头，但饱经沧桑的脸庞滚下了两行久违了的泪水。

这件事，被县电视台和报社及时广泛地宣传后，很快就家喻户晓，连市里、省里都知道了。据说后来市委组织部对蒋副县长进行过考察。

蒋副县长心里清楚，他得到的绝非是一个老朽无用的干妈，而是一盏阿拉伯神话故事里的神灯，照亮了他无限的前程。

如今，这位干妈死了。蒋副县长非常悲痛。他完全没有料到她会走得这么仓促，要是再过三五年再走，就好了。

县政府下属的各部门领导络绎不绝前来劝慰，特别是厂矿企事业单位的负责人，争先恐后向蒋副县长求事做，说需要什么让他尽管吩咐。

尽管蒋副县长说过不邀请各单位参加葬礼，但到了出殡这一天，历来寂静的小山村还是空前绝后地热闹起来。山里人极少见过的各色漂亮的花圈，从地下冒出来似的排了一直溜。鞭炮、唢呐、花圈、人群，葬礼办得非常风光，非常体面。落棺、盖石、封坟。完工后，蒋副县长悲悲地在坟前鞠了三躬，就急忙返回县城，说是要赶一个重要会议。身后的村民纷纷议论："这老太可真有福气，丢了个儿子又捡了个当官的儿子送终！"他们亲眼看见这两年来，干儿子没少孝敬她。老太死时，家里还有许多滋补品呢！

得　失

　　蒋副县长从山村直接回到家里,闷闷不乐很是伤心。夫人说:"还难过?又不是你亲妈!"

　　"妇人之见!"他责怪了一句,从手提包和衣兜里抓出大把大把的红纸包,夫人打开一看:乖乖,全是一卷卷大面额现金!

　　"认个干妈能赚这么多钱?"夫人惊讶地说,"你何不再去认个干爹!"

　　"真是妇人之见!"蒋副县长加重了语气又说了一句。

　　被他连怪了两句,夫人不敢再胡言了。

　　"你以为我只是冲着这几个钱吗?"他对夫人说,然后又像是自言自语:"完了,神灯没了。神灯是很难得到的……"

　　蒋副县长跌坐在沙发上,只觉眼前越来越黑。他知道自己失去的,绝不只是一个干妈。

开心无价

第三双眼睛

　　小县城爆出大新闻：县纪委张明书记在办公室调戏了前来送礼说情的一个漂亮少女！

　　这一既花边又桃色的新闻，传得比天上扯乌云还快，当天就传遍了县城，转天就传遍了全县。

　　当天下午，张明就主动到县委王书记的办公室。他说，下午他到办公室不久，是有一位二十三岁左右、穿红色薄纱连衣裙的漂亮女子敲门进来。当时他问她有什么事，她说无事不登三宝殿。后来他才明白她是为纪委正在查处的一宗房地产腐败大案而来，要他高抬贵手，不要做得太狠，并拿下一个挎包放在他的办公桌上。他严词拒绝了。她又说，只要他别再追查，让她怎么为他"服务"都行。他又一次严词拒绝了。最后她竟然撒起无赖，突然撕破自己的上衣，大呼小叫。当时附近的同事不知道发生了什么事，都跑过来看，她就说他调戏她，还想要强奸她。随后拿起桌上的挎包，边捂胸边哭着跑开。最后，张明向王书记说："我到这里三年了，别人不了解我，你王书记还不了解我吗？"

　　王书记安慰说："组织是相信你的，你不要有思想包袱。身正不怕影歪嘛。"

张明前脚刚走，就有四五个人堵住了王书记的门，说是那受害女子的"亲戚"，要求县委书记给个说法。

当晚，这四五个"亲戚"秘密宴请那女子，他们谈笑风生。其中一人对那女子说："这次你做得好，额外再加你一万！他妈的，我就不信搞不臭他！"

第二天上午，有更多人聚集在县委门口并喊口号，下午竟有人到市委上访。王书记意识到问题的严重性，第二天下午也赶往市委，向市委、市纪委汇报情况，说明原委。

过了三天，王书记得知市纪委派人来县里了解情况，心里一惊：难道还要上纲上线？王书记向市纪委的同志说，张书记的为人他是最知根知底的，张书记来县里三年，群众反映很好、评价很高。他要求市纪委的同志要还给这样的好干部一个清白。

市纪委的同志向张明、那天过来看到过情况的同楼同事以及那个女孩了解情况之后就回去了。张明说的还是那番话。那个女子则一口咬定：她是去求情送礼的，但那个张书记见她年轻漂亮又有求于他，就起了淫心。她后来大叫起来才没让他阴谋得逞的。

在市纪委的同志回去后约一个星期，王书记接到市委的通知，让他去参加市委常委会议。王书记已有所闻：市委想将张明调离岗位。

半途中，王书记的秘书在电话里焦急地说："我刚才接到朱一木的电话，他说他有一盘录像带，能证明张明书记是清白的！"

"好！你马上派专车将朱一木本人和录像带火速送到市里来。"

……

市委常委会议室里，王书记沉稳而有力地对各位常委说："张明同志我是比较了解的。虽然他四十不到，但经验丰富、老练精

开心无价

干。他坚持原则、作风正派、工作认真，因他的到来，我县纪委工作有了很大的进展。他前年查处了城建局一宗大案，得到市委、市纪委的肯定；去年查处了公安局一宗大案，得到省纪委的充分肯定；今年正在查处一宗房地产大案，涉及人员较多，难度较大。这次发生的事件，从已有的证据来看，就是因此案而来的，其目的就是阻挠案件的进一步查处，请市委各位常委慎重考虑……"

有人敲门。

王书记说："有材料可以证明，张明同志在这一事件中完全是被人诬陷的。证明材料正在门外。"

各位常委都惊讶地将目光集中到会议室的门口。

一秘书引进朱一木。他扬了下手里的录像带说："我可以证明张书记是无辜的！"

市委书记决定：现场播放。

全体常委目不转睛地盯着电视屏幕。

……

整个过程不到十分钟。一切正如张明所言。特别是那女子突然用双手撕破自己上衣、拉脱文胸搭扣的过程，无可争辩地证明是红衣女子在故意陷害、嫁祸于人。

会议室鸦雀无声，全体成员表情严肃。

市委书记沉思良久，问道："你是什么人？你为什么要非法监视张明同志？"

朱一木沉默了一下，说："我就是去年被查处开除的原公安局干警。因为我想报仇！为了得到张明书记违法乱纪的铁证，我不惜血本、费尽心机，秘密在他办公室及寝室的窗口对面各租了一间房子，弄了设备，日夜监视……"

"哦?"市委书记惊讶道,"那你为什么又要出面替他洗清冤屈呢?"

朱一木再次沉默片刻,说:"因为他是条汉子!当时我也曾暗地高兴有人替我出了口恶气,但两天后我就了解到是有一伙人想故意搞臭张书记。这些天来我一直在斗争,要不要出来做证。因为我知道我的行为是违法的。但半年的暗中监视,张书记的所作所为,让我对他无仇可恨,让我对他不能不心服口服。这样的干部的确不多,所以,我最终还是愿意'仇将恩报',愿意为他洗清冤屈。"

说完,他缓缓地抬起双手,做出一个等待手铐的姿势。

开心无价

恩将仇报

已是晚上九点多了。公安局五楼会议室里仍灯火通明。专案组正在召开紧急会议。

条条线索反馈回来，焦点集中到一点，疑点便昭然若揭——震惊全市的"1·08强奸杀人纵火案"的嫌犯不是别人，竟是现已离休的公安局原局长鲍为民的单传孙子鲍小力，绰号"小刀"。

咋办？专案组的同志们都望着陈兵局长。陈兵点上一支烟，慢慢地吐出一口雾来。

全局上下，老老少少，没有一个不对鲍为民钦佩三分的。1949年中华人民共和国成立后，鲍为民就在公安科工作。从普通干警到刑侦科长到副局长再到局长，直至离休，他在公安战线上整整干了四十多个春秋，荣立过一次特等功、两次二等功，曾到北京开会领奖，受到过党和国家领导人的接见。有关他的传奇故事，因传来传去都神化起来了。鲍为民的名气，在县里比县长、书记还要大。大到何种程度？邻里乡亲有什么纠纷或小孩之间打架，脱口而出就是："让老鲍来抓你。"

鲍为民有一儿一女。儿子鲍友桂下面只有独生子，就是令鲍为民头痛的鲍小力。小力小时，鲍为民对这个独孙子也厚爱有加。但这孙子越大越不像话，越大越不争气。小学时常打架，上了中学常耍流氓——或趁女同学不注意突然拉下人家的裙子或裤子，或大声讲下流话，见女同学脸越红他讲得越起劲，气得鲍为民知道后就要动手教训这不争气的孙子。但鲍小力的父亲、老鲍的儿子和儿媳却不允，每次都护着宠着自己的儿子。为此，鲍为民和儿子、儿媳的关系越来越差，以至于老鲍离休后，和老伴一起搬到女儿家过，极少去儿子家。

陈兵看看专案组一个个因熬夜而眼球布满血丝的伙计们，狠狠吸了口烟，又慢慢吐了出来。

案件发生后，县委常委立即召开会议，下了命令，限在春节前破案。至今，一个星期过去了，专案组民警们的辛苦没有白花，案子马上可以告破，未料这个结局却是如此。

专案组的同志们不知道陈兵与鲍为民还有更深一层的关系。陈兵这辈子都不会忘记，三年困难时期，母亲饿死，父亲饿得倒在床板上奄奄一息，小弟、小妹哭着喊饿，八岁的陈兵跑到店里偷饼干又被人捉住，是路过的老鲍救了他。后来自己在老鲍的资助下上了学；后来又是在老鲍的帮助下进了公安局工作；后来还是在老鲍的栽培、推荐下转了干，成了科长，并逐步坐上今天局长这个位子。可以说鲍为民是他的大恩人，是他的再生父母。而今，要恩将仇报，让恩人断子绝孙吗？

陈兵矛盾极了，又吸了一口烟。

离大年三十还有一个星期。陈兵觉得这个年关对自己、对鲍老都有点不好过。

指间的香烟有一段烟灰摇摇欲坠。陈兵急忙将烟灰弹入烟灰缸。就在这一瞬间，他的眼睛被放在桌子上的帽徽反射出来的光芒刺了一下。陈兵稍微偏了一个角度，就不刺目了，但陈兵觉得那帽

开心无价

徽在膨胀，越来越大，越来越重，几乎压得他喘不过气来。他微闭了下眼，忽又睁开，目光里多了一份威严。他猛地将烟蒂拧灭在烟灰缸里，命令道："第一组五人去鲍友桂家，第二组五人去鲍友桂小妹家，立即出发，把鲍小刀带回来。有情况随时直接与我联系。"

干警们神鹰一般飞了出去，偌大的会议室只留陈兵一人。他踱到窗前，看万家灯火，想到的竟不是自己三天未见的妻子和孩子，而是鲍为民。

"他会怎么想？怎么做呢？"陈兵在心里问自己，自己也说不清。

时间一秒一秒地过去。忽然，手机响了。陈兵立即接听："第一组报告：鲍小刀潜逃。"

"先将鲍友桂和他老婆带回局里，做个笔录。"陈兵果断地说。

刚关上，又响。该是第二组的情况了。陈兵再次接听："陈兵吗？我是为民呀。"

"鲍……鲍局长，我……"陈兵一下子不知怎么说是好。

"你们的人在我这儿，鲍小力跑了。我想起来了，他五天前下午来找过他姑姑，说是去温州一趟。但据我所知，他有一个'拜把子'兄弟在郑州某厂里打工，年初他们还见过面，十有八九到郑州去了。为防万一，我建议你兵分两路，温州一路警力可少些，郑州一路要强些……"

顿了顿，手机里又传出鲍为民的声音："我现在以一个老公安的身份，要求加入赴郑州一组行动，请局长批准。"

"鲍局长，我……我……"

"你别说了。事不宜迟，快调兵，尽快与两地警方取得联系。"

陈兵一边合上手机，一边坚定地说："对任何犯罪分子决不手软。"

不知何时，陈兵眼里已蓄满了泪水……

钓

王局长调到县 M 局工作已有两年了。这两年来，他一直苦恼着。

他不明白为什么自己的工作在全市本系统的各县（市、区）中也应该算不错的，可市局黄局长的表扬和肯定总是轮不到他，总是表扬邻县的。有几个项目和几笔资金本来完全可以落到自己这个县局的，却偏又落到邻县去。为此，县长对他也有点看法了。为了改变黄局长对自己及本县的态度，他也曾花了不少心机，逢年过节也曾向黄局长去表表心意，但均被拒绝。

既然是这么一个清廉的好领导，怎么会看不到自己的工作能力和成绩呢？王局长百思不解。

王局长虚心向邻县的局长请教有何诀窍。谁知邻县的局长嘿嘿一笑而言他了。王局长知道他是怕自己抢了他的风头而不肯说，也就无奈而罢。

但数月后，邻县的局长又主动约王局长去聊聊。

在幽静的茶室里，邻县的局长果然毫无保留地告诉了王局长，这令王局长感激万分、茅塞顿开。邻县的局长最后说："要不是我要调走，我也不会告诉你的。"

开心无价

　　王局长从邻县回来后，立即交代分管办公室的副局长吩咐办公室去寻租一处风景优美、环境清静、水质优良、交通方便的鱼塘，并购入成鱼养好。花多少钱都行。

　　办公室的办事效率还是让王局长满意的。短短两个月，一切就绪。

　　就在一个天气渐渐转凉的周五下午，王局长特地赶到市局向黄局长"汇报工作"。结束时，王局长"顺便"邀请黄局长双休日来小县休闲放松。黄局长谢绝了。王局长坚持邀请，说是有特种鱼可以钓。

　　一听这话，黄局长双眸突然亮了许多，立马提了精神，问："嗬？你那儿有什么特种鱼？说来听听。"

　　"有美国斑点叉尾鮰鱼、花骨鱼（桃花鳜）、鲟鱼等名特优淡水鱼，还有翘嘴红鱼白……"

　　"等等等等，"黄局长惊讶地说，"翘嘴我在别的地方钓过，但翘嘴红鱼白只听说过还没见过呢，那鱼素有'长江上等名鱼'的美誉。桃花鳜、鲟鱼等都是千岛湖里的鱼，你那边怎么会有这些鱼啊？我怎么从未听说过啊？"

　　"是是是，这是我的失职，没有及时向您汇报。是我的朋友养的，说是养，其实也没什么喂的，所以，一般的养殖鱼根本是不能比的。我说得最好还不如您亲自去鉴定一下好，免得有王婆卖瓜之嫌啊，我是姓王，可绝对不是王婆。"

　　"哈哈哈。"黄局长和王局长同时大笑起来。

　　"好！"黄局长下决定似的说，"我就去一趟试试。"

　　周一上午刚上班，黄局长就给王局长打来电话："小王啊，你们那里鱼真的不错啊！这个双休日我想约几位好友一起过来放松一下，你看……"

"啊呀，黄局长，瞧您说的，能得到您的肯定，这是我们也是这些'鱼'的荣幸啊！我和朋友说好了，无论您什么时候来、无论几人来都行啊，请您别嫌弃，我们会为您安排好一切的，请您放心！"

从这年开始，在全市系统会议上，王局长频频被市局领导肯定和表扬。王局长从市局争取到了好几个很利好的项目，让县长对他都刮目相看了。黄局长钓了三年，王局长也钓了黄局长三年，M局连续三年获得系统先进。邻县的局长来向王局长取经，王局长嘿嘿一笑而言他。

第四年春夏时节，分管办公室的副局长来请示是否继续进特种成品鱼。王局长很干脆地说："不必了，鱼塘也不要租了。"

副局长有点迷惑地走后，王局长又苦恼起来：新来的市局局长既然不喜欢钓鱼，那又有什么业余爱好呢？

开心无价

了　了

　　胡副局长接受局长的指示，带着我和一满车的杨梅，向三百公里外的省城奔去。

　　家乡土特产、绿色无公害杨梅，这几年声名鹊起，身价倍增，闻名中外。据说在欧美超市一颗杨梅要卖一美元呢！

　　家乡的果农是笑开了花，可单位部门领导却笑不起来：这是当地唯一拿得出手的土特产，不送吧，显得小气；送吧，一箱就要三五百元，市里的、省里的，一个单位一年就要数万啊。

　　可该送的还是要送。

　　车开了一半路程，胡副局长突然叫一声："糟了！出门时漏算了一人，少带了两箱。"

　　"那咋办？"我焦急地问。

　　回去拿是不可能的了。就一人不送也是不可能的了。怎么办呢？

　　"立即下高速，就地买两箱，不要有产地包装的杨梅。"胡副局长说。

　　我不安地说："可这杨梅怎么能和我们的仙梅比啊？差太远了呀。"

"事到如今，只好走一步看一步了。"胡副局长无奈地说。

半途出高速，路口就有一溜卖杨梅的。可我们来回了两趟，挑了最好的尝还是很不满意。咋好呢？我一筹莫展。

只见胡副局长走到一处最差的前，说："来两箱。"

我惊诧了，这怎么吃啊？果子又小又不成熟，酸得难以入口啊。

卖杨梅的生怕我们反悔似的，手脚麻利地飞快弄好了。我付了钱，抱了杨梅上车。

一路无语。到了省城，胡副局长一句话吓得我差点尿裤："你拿后买的两箱送给厅长吧。"

见我一副窘相，胡副局长哈哈笑了说："逗你呢，我去。"

我还是理解不了：怎么把最差的送给最大的领导？吃豹子胆了？

我耍了个心眼，要跟他一起去。说是万一有什么下不了台的责任往我身上推。其实我是想看看他到底怎样送这"厚礼"。

我抱着那两箱"炸弹"，战战兢兢跟在胡副局长后面，直奔领导办公室。

倒茶、寒暄后，胡副局长说："厅长，这次来带了点土特产给大伙尝尝。您这两箱与其他的是不一样的……"

我吓得心都到嗓子边了，要坦白吗？

"您这两箱是纯野生、绿色、无公害的，在我们那边叫'土梅'，是高山上自生自长的，数量极少。其他的，都是人工栽培管理的……"

我的天，真有他的。

厅长听了，非常高兴地收下了。

开心无价

  回到单位的第二天,胡副局长带着我向局长如实汇报送礼的情况。局长一听送给厅长的是两箱最差的杨梅,便急得坐不住,在办公室来回走动,连连说:"糟了,糟了,你们这点小聪明厅长会看不出来?你们闯大祸了,我们的专项资金也完了。"

  我想:是啊,厅长吃多识广,杨梅的好差他会看不出来?

  胡副局长可能也意识到了这一点,一脸尴尬,以至于手机在裤袋里响了两三声也不拿出来接听。

  局长见状,说:"先接电话吧。"

  胡副局长特赦似的忙掏出电话,一看来电,脸霎时白了,结结巴巴地说:"厅——厅长电话。"

  局长脸也白了,说:"问罪了。先接吧。"

  聪明的胡副局长忙按下免提键,接起厅长的电话:"小胡啊,你送的纯野生杨梅,我们是入不了口的。"

  胡副局长的脸更白了,拿手机的手也禁不住抖起来,嘴上说:"是,是。"

  "但是呢,我儿媳妇刚好妊娠反应,要吃酸杨梅,你可真是送对了。能否再帮我搞两箱?"

  胡副局长的脸马上红润起来,高声地回答说:"没问题,坚决完成任务。"

  局长在边上用唇语暗示胡副局长:"说专项资金,说专项资金。"

  胡副局长领会局长的意思,刚想说专项资金的事,只听厅长说:"噢,还有啊,明年这些特产就免了吧。"

  厅长的电话关了,胡副局长的手还举着手机迟迟没有放下,刚红起来的脸又白了起来。

  局长叹了一口气说:"免了,罢了,我们今后了了!这该了不了，谁人能了？"

附录：党的十八大后，中央和省委连续出台了改进工作作风、密切联系群众的"八项规定"和领导干部廉洁从政的"六个严禁"，并雷厉风行，不折不扣地执行。我们局组织学习，当胡副局长看到"严禁向上级部门赠送土特产"时，和我相视一笑，感慨地说："出台得好！"

开心无价

等

  我的一篇作品获奖了，拿了点奖金，张三、李四、王五这几位最铁的老同学在微信上嚷嚷要我请客。我说，请就请呗，也好长时间没见面了，大家聚一聚。

  星期五下午，我在微信上通知他们五点一刻到乐安酒家302包厢。

  下午五时下班，我骑着电瓶车到酒家，七分钟就到了，县城小，就这点好，便捷。

  乐安酒家在县城的中心，这三位同学工作地点刚好处于县城的四角，大家过来的距离都差不多，十多分钟的路程。

  我点好菜，然后坐等他们三位到来。

  五点十分，王五第一个到。王五是机关的一名副局长，时间观念就是强。我知道王五加入了县单车健身协会，每个周末都会和一帮人骑车出门，平时也骑着单车上班。他原来那个大大的啤酒肚也骑没了，身体越来越健壮。有一回，他无不自豪地和我说，他骑车上了括苍山顶。我听了有点瞠目结舌："这是浙东南最高的山峰，我开小车上去都觉得吃力，你竟能骑自行车上去？"

  他得意地说："我骑的是山地车，可不是一般的自行车。"

我们正在谈单车骑行，张三老师到了。我一看，五点二十五分。我说："你迟到了。"

他说："我走路来的，是迟了一点。"

我和王五都不由一愣。我惊讶地说："你……走路？"

张三下肢残疾，走路不很方便。

张三说："怎么？你们不信？"

我和王五异口同声说："信，我们信！"

我急忙倒了杯开水递上。

张三接过杯子喝了口水说："我们学校正在开展'文明交通，绿色出行'主题教育活动，我们当老师的，自然要带头表率啊！"

王五说："这哪是你们学校的活动？这是县委、县政府的号召，要求全县开展的一项长期的、群众性的活动。可是，你……你有特殊情况，应该……"

张三拍拍左腿说："还行，吃力一点罢了。"

张三腿脚不便走路都到了，李四怎么还没到？

李四是一家私企的副总，整天都说忙，屁股不离宝马车。

我打电话给李四说："你出门了没有？"

他说："出门是出门了，但被堵在路上了。前面有一辆车闯红灯，出现刮擦事故，整个十字路口都堵成一团，动不了了。"

我安慰他说："不急不急，你慢慢来，注意安全！"

我们三人的话题又说到县城的交通上。车辆越来越多，城市空气越来越差，停车位越来越少，道路显得越来越挤，不少骑电瓶车的人争先恐后乱窜，市民文明意识不够高……我们三人一致觉得："文明交通、绿色出行"的教育，真的非常重要也非常必要！

等待的时间最短也是漫长的。又十分钟了，仿佛过了一个小时，

开心无价

　　李四还没到。王五提议边吃边等。我不放心，再打李四的电话。电话一通，李四正在那头发火。我问："怎么了？"他没好气地说："被撞了！"我心里"咯噔"了一下，急忙询问："人有没有受伤？"他说："人没受伤，被追尾了，不和你说了，你们先吃吧……"话筒那端传来嘈杂的声音，隐约听见报案什么的。

　　我们三人忽然都变得郁闷起来。我说："要不我们先吃？李总或许要一点时间呢。"其他两人都说："还是等他吧。"

　　张三说："宝马被撞，饭又赶不上，李总不是更堵心？"

　　我们三人不约而同笑了，全是苦笑。

　　快到七点时，李四急匆匆气呼呼地赶到。我们边让服务员马上上菜，边问他详细情况。原来，在交警的指挥下，原先堵死的十字路口好不容易通了。此时下起了小雨，大家更是急着回家。李四刚开过十字路口不远，有辆电瓶车急拐弯，他本能急刹车，后边的一辆小车急刹不及，就"亲"上他的"马"屁股了。幸亏不是很严重，为了不造成新的堵点，双方私下协商处理了，没有报案。

　　王五毫不客气地说："谁叫你显摆啊，这点路，开什么车呢！"

　　因为大家都是很要好的同学，说话也就口无遮拦了。

　　我打圆场说："其实我们要向张老师和王局长学习。走路、骑自行车不是很好吗？"

　　李四说："唉，不知道要等几年，才能等到真正的'文明交通，绿色出行'呢！"

　　我说："靠等是等不到的，要大家都自觉行动起来才能实现啊。"

　　李四说："是啊，我刚才堵在路上就在想，汽车越来越多了，大家都开车出门，不要说对空气有污染，小县城堵车也将会常态化。我已决定明天开始骑自行车上班。"

等

我说:"明天我也走路上班,向张老师学习。大家干一杯……"

李四倒了一杯茶说:"开车不喝酒。你们总得让我今晚把受伤的'马'驾回家吧?"

开心无价

道

　　戴布启打架了，和自己原来的两个小兄弟，在岭南开往县城的班车上。这是他自己也始料未及的。
　　布启是从岭南乡上的车，他去城里要了却一桩心事。
　　这条道对戴布启来说，熟悉得就如农民对自家的自留地，就如上班族对自己的工作单位。全程五十多公里，途经十二个乡镇三十四个停靠站。
　　可以乘坐二十多人的班车上只有五六个人。戴布启坐到了空无一人的最后一排，将戴着厚手套的右手藏到左腋下。他不想引起他人的好奇和猜疑。他看着窗外，表面平静，内心却在翻江倒海。往事一幕幕涌上脑海。
　　戴布启的家在岭南乡，一个经济落后、生活贫困的山区乡。五年前，戴布启初中毕业后就没再上学。久病的母亲急需要钱，贫困的家急需要钱，穷怕了的他急需挣钱。他带着父母亲向亲戚借来的几百块钱跟几个同乡去沿海城市打工，可城市里的钱并没有传说中那么好挣。就在他花光了钱愁得走投无路时，有人看上他，带他苦练一种功夫，走上了一条发财之道。可好景不长，一次意外的失手，他被请进局子里，而他的"师傅"却没了踪影。两个月后出来，他回到了家。在犹豫了半年之后，他还是在这条道上重操旧业。不久，他又找了两个小兄弟做帮手。

两年前有一回在车上，他从一满脸愁容的中年妇女身上得了一条"大鱼"，着实高兴了一回。可没过多久，久病在床的母亲告诉他，有个远房亲戚给患重病急需手术的儿子的救命钱被偷了，她儿子死了，她也疯了……他猛然醒悟，狠狠扇了自己两耳光。这回去城里，就是要去自首的。

在一处山岙处，上来两个二十岁左右的小伙，此时车上有十五六人了。戴布启瞟了一眼，心里不禁一惊：这两人正是自己两年前带入行的小兄弟。他急忙低下头。他清楚，这段路是最佳的下手点，行人几乎没有，一上手，可马上下车走人。若他俩动手，我该怎么办？

未等他考虑清楚，两小伙突然亮出明晃晃的匕首，喊了声："都别动，老实点！我们只劫财不劫命！谁不听话，别怪我们不客气！"

这突如其来的变故，让驾驶员下意识地踩了下刹车。一个歹徒蹿过去用刀抵着驾驶员的脖子，吼道："开你的车！不许停下！"另一个歹徒挥舞着匕首恶狠狠嚷道："都坐着别动！先把手机交出来，再把钱掏出来！"

有一个壮年汉子满脸怒容想站起来，匕首早已抵在他胸口。随着"坐下"一声猛吼，再也没人敢动了。有的已吓得脸无血色，有的已在乖乖掏钱，有的在哭着求情……

坐在最后一排的戴布启缓缓站了起来。那个逼壮年汉子坐下的歹徒马上奔过来，正想吼，一看，惊喜道："是戴……大哥你啊？正好搭个手！"

开心无价

另一个歹徒也握着匕首过来。

戴布启铁青着脸说:"你俩长能耐了?升级了?"

"大……大哥,先做了再说。"

"谁是你大哥!把手机和钱都还给大家!"

"既然你不认我们兄弟、不愿搭手,那就别挡着我们。看在往日份上,我们放过你……"

"如果挡了呢?"戴布启挑衅地说。

"那就别怪我们不客气了!"

话音未落,一道寒光向戴布启射来。早有防备的戴布启一个侧身避过,正欲擒拿夺刀,另一把匕首刺中了戴布启左肩膀。

戴布启猛吼一声:"大家上呀!"

驾驶员一个急刹,两个歹徒站立不稳。说时迟那时快,那个壮年汉子扑了过去。另有两个中年男子也扑了过去。驾驶员停稳车也奔过来。车内群情激愤,三两下,就扭住了两歹徒胳膊,用车上的绳子绑了起来。此时大家发现戴布启右手套在搏斗时落了,他的食指、中指上两节没了。

有人主动为戴布启包扎止血,有人用手机报了110。

当两歹徒被警察铐走时,他们指着戴布启叫道:"他也是,他是我们老大……"

打　赌

　　打赌，在我们家乡也叫"索强口"。譬如某人卖东西，他说："如果你真的买，且当场拿出钱来，不向别人借，那这件原来要卖200元的东西100元就卖给你。"似乎他不相信你身上能拿出这么多钱来。这时，你若真的拿出这么多钱来，那么纵使卖者真的亏本，他也只能自认晦气。这就是"索强口"。

　　张山打赌，从没输过。一直来，他自我感觉都非常好。唯独这回，他既赢了，又输了。

　　说起这回打赌来，实在是一个偶然。张山三十五六岁，在这个村子里也算得上是一个灵活的人。几年前，他还在小县城里开了一家小餐馆，赚了一些钱，也见过一点世面。今年清明节，他一个人回乡下老家祭祖，遇见同村一位要好的伙计，在闲聊时，不知怎地聊到城里的"野鸡"话题上。伙计说，我们乡下人有钱也尝不到"野味"。张山狡黠一笑，说："现在只要有钱，什么做不到?"伙计说："你若叫得来，钱我出!"张山说："你若会出钱，我就叫得来!""强口"便这样"索"了起来。

　　伙计果然扔出两张百元钞票来，并说："你若真的带来，我另外给你一百元'汽油钿'。若你带不来，你可要给我三百元'利息钿'。"

开心无价

张山很有把握似的说："行！"心想：我真的带来，料你也不敢尝。我倒要看看你有多大胆！于是接了钱，转身跨上摩托车就走。

那伙计看张山这么肯定的样子，心里也七上八下起来。过一个多小时，张山回来了，车后果然多了一位三十岁左右的妖艳女子。那伙计一看，脸色一红一青：不要吧，白白扔了三百元钱，这三百元来得可没像张山赚得那么容易啊；要吧，可真有点那个。真没想到这小子这么容易就弄来了。一看张山在一旁一脸的幸灾乐祸的神色，他就把张山拉到一旁，悄悄说："我家不方便，你家不方便，你得给我想个安全的地方。"张山想了想，说："去问问'拐脚'看看。"

"拐脚"因为拐，四十出头了还是光棍一个。那伙计找到"拐脚"嘀咕了一阵，"拐脚"开始不同意，那伙计掏出50元钱让他去买烟抽，"拐脚"说了句"别弄脏了我的东西"，就接过钱走了。

大约过了半个小时，张山又用摩托车把那女人送回去了。

这个赌，张山打赢了。吃晚饭时，他想想笑笑。老婆问他笑什么，他说没啥。但过一会儿又笑了，忍不住又向她讲起此事。还说净赚一百元呢。老婆大骂："你好死了！他老婆饶不了他，也饶不了你的。"却没有想到还有另外什么饶不了他们。

张山说："是他想要的，我只不过助人为乐而已。"

没有包得住火的纸。没过一个星期，张山老婆的话就应验了。先是那伙计的家里闹开了，随后那伙计的老婆就找上张山的餐馆，骂张山是"吃屙客"。张山怒火万丈，回敬道："是你男人要吃'野味'，关我屁事！你要骂回家去骂，少在这里撒野。"

"你会遭报应的！"那女人气呼呼地说。

果然，转天，张山和那个伙计就被公安的人请去了，那个"拐脚"也"拐"进了派出所。

聪明的他们就是没想到，张山因介绍他人卖淫嫖娼、"拐脚"因容留他人卖淫嫖娼、那伙计因嫖娼，其行为均已构成违法。幸亏是初犯，属情节较轻范畴，分别受到"处五日以下拘留或者五百元以下罚款"。若是重犯，那就触犯刑法，要判刑了，绝非拘留、罚款那么轻了。

张山未料到这次打赌会"输"得这么惨。

开心无价

露 天 会 议

许益清还没回到村里,"他又当官了"的消息已在村里传开了。

消息是村里一位在县城打工的小伙子带来的。有村民问他什么官?他说:"河长。"

大家都有点莫名其妙。听说过省长、市长、县长、区长、部长、局长、乡长,河长倒第一次听说,新鲜。

仲夏时节,阳光如火,直到天黑,才见舒爽。许益清回到家时,一脸严肃,丝毫没有"当官"的喜悦。那一晚,他家的灯很晚才熄。

第二天上午,他去和村支书谈了好一会儿,中午,他让村文书通知村两委干部晚饭后集中开会,地点不在村会议室,而在村里那棵古樟树下,露天会议。

这棵古樟树是乐安村的村树,也是乐安村的名片,被县林业局命名为百年古树名木。树身需要四个大人手拉手才能围拢,盘结的虬根成为天然的坐凳。以前,每到夏天傍晚,这里是全村最热闹的地方。家家户户等放下碗筷,就会携着凉席、竹躺椅、小木凳,摇着蒲蕉扇、麦秸扇,陆陆续续汇聚在樟树下,吹吹牛皮、侃侃大山、说说笑话、摆摆龙门。不够坐,村里又铺了许多石凳。那老树根都被磨得油光发亮了。奇怪的是，这丝毫没有影响树的存活，或许是得到人们喜爱的缘故，老樟树反而越长越精神。可不知从哪年起，人们不再在樟树下谈天说地、家长里短，不是窝在家里电视前，就是各自捧着手机待一边去了。

樟树边上有条六七米宽的小河，小河上有座桥。听老人说，最早是小木桥，后来换成小石桥，后县里出资建了石拱桥。以前村里民房都建在长着樟树这一边的，随着人口的增加，小河另一边也建了很多新房。于是樟树成了村中心，小河也从村边变成穿村而过了，石拱桥和古樟树成了乐安村的标志性景点。小河水清澈甘甜，村里人没有一个人未得到过这河水的恩泽，没有一天离得开小河。从清晨的汲水洗菜，到白天的洗衣洗被，到傍晚的洗澡冲凉，到一年四季的农田的灌溉，可以说是小河哺育了村庄。

当七位村两委干部到齐，会议还没正式开始，有人就嘀咕起来了："怎么放在这儿开会？"有人附和道："是啊，蚊子咬人。河里水脏臭死人……"

许益清和书记对视了一眼，什么也没说，由大家七嘴八舌议论。不少村民见村干部坐在这里开会，看西洋镜似的，也围在边上。

见大家议论得差不多了，许益清咳嗽了几下，说："大家静一下，听我说几句。刚才大家的议论我也听见了。臭吗？我的鼻子不比你们差。蚊子咬人吗？蚊子不是我亲戚，不会只咬你们不咬我，也不会拍我和书记的马屁。"

大伙闻声哈哈大笑。

许益清板着脸孔接着说："你们笑得出，我却笑不出。说实话，今晚放在这儿开会，我和书记商量过，是故意的。为什么故意开这次露天会议？这条乐安河大家都熟悉，熟悉得比自己的儿女还熟悉。那我问大家，这条河水什么时候开始不能喝的？什么时候开始不能用来洗东西的？什么时候不流动的？什么时候开始发臭的？时间并不重要，重要的是怎么会到今天这一地步的？乐安河一天天一点点地在变，在我们眼前变，我们怎么就没感觉？家家装上自来水了，不喝河水了，就没人爱护了；大家忙着赚钱去了，就没人管了；大家只顾自家干净，就不管河水是否臭了。今天你一簸箕烂番薯，明天我一畚斗垃圾，后天他扔只死老鼠，小河成了天然的、方便的垃圾场。我读初中的时候，这河还可以游泳可以钓鱼，现在这却成了苍蝇、蚊子的大本营……"

大伙不等许益清把话说完，就又议论开了。在边上的村民似乎忘了这是村两委干部会议，也参加了议论。

村支部书记高声喊道："先听主任把话说完！"

许益清接着说："昨天上午我去县里开会，昨天下午镇里贯彻县里会议精神，做了具体的部署。会议主要内容，就是要开展'五水共治'，简单讲，就是治污水、防洪水、排涝水、保供水、抓节水。治污水放在第一位。我觉得上级领导抓住了我们熟视无睹的一个要害。环境不好，谈什么提高生活质量？谈什么增加幸福感？那怎么治？一是全村污水纳管，各家各户的污水不得随意倾倒，统一铺设管道集中处理后排放。二是要管好河流。凡属我们村的河道，每条河都设'河道长'，落实到人，管不好，追究责任。我们全村六条河道，这条穿村而过的乐安河最脏、最难管，由我和书记负责，其他几条渠道，分别由两委干部每人负责一条。今天我和书记商议过了，要做就先做好规划，包括管路的布局，包括乐安河彻底整治的方案。本月，将通过镇里与县相关部门联系，做好规划。治污水的开支，县里镇里会有项目资金，在资金没有到位以前，由我和书记负责无息先筹。

"驼背人说条直话，我得将丑话先说在前头：今后不管谁当村里书记、主任，这河道长责任制得一直延续下去。我和书记商议了，全村各户开展'五星文明家庭'评选。现在各户都先挂五星，年底召开村民代表会议进行评议，哪一户有乱倒垃圾、乱排污水等不文明行为的，就降一星。人要脸，树要皮。看看我们村究竟哪户人家先不要脸面，我们全村人来监督。我在去年选举时表态过，要和大家一起搞新农村建设。这是一个大工程，涉及用地指标的报批及其他许多因素，一时无法开展旧村改造，但污水治理、河道整治可以在任期内完成。我想在今年过年前，要给大家一个崭新的环境，要还大家一条干净的乐安河。现在请大家说说。"

村干部逐个说了自己的想法和建议，围观的村民也在旁边提出了自己的看法。毫无异议，最后意见高度统一。

这次的会议是乐安村唯一的一次露天会议。会上谁说了什么话，天上的星星听到了，在不断地眨着愉快的眼睛；古樟树听见了，清风吹来，满树的叶子沙沙作响，像是无数的手在鼓掌。

这次露天会议是在去年召开的。现在，你若去乐安村走走，你肯定会遇到不少的人在画画或拍照。我敢肯定，你也会站在新砌的河岸花坛边，以清澈的河水、古朴的拱桥、苍劲的古樟为背景，忍不住拍一张照片，留下美好回忆的。

开心无价

一场火灾的三种视角

A

我们赶到时,火魔正露着狰狞的面孔,吞噬着一切可燃之物。它的黑发,肆无忌惮,滚滚上扬,溶入夜空。

我和战友分两组,各持一支高压水枪,左右夹攻,水柱挟带着我们焦急的心情,射向火魔。火魔中弹发出的"嗤嗤"声,夹杂着人们的呼喊声,不绝于耳。

一个五六岁的小女孩,一边哭喊着"妈妈"一边在一位中年男子手里挣扎,欲扑向火魔。

"房里有人?"

男子说:"是她妈给她的一个布娃娃,她妈妈刚过世……"

"在哪个位置?"

"一楼门后靠墙边的床上……"他指了指火势正旺的房子。

"副班长!"我猛吼一声,"接枪,掩护我!"

我立即戴上面罩、塞上气嘴,一猫腰,冲进火魔脚下。身后响起一片"危险,小心"的惊呼。

浓烟遮眼,烈火透过防护服烤得肌肤灼烫。凭着与火魔决斗了七年多的经验,我判准方位,伸手在床上摸索,一把抓起目标物,极速撤离。刚到门口,有什么东西砸了下来……

B

我突然惊醒时,看到的是我从未见过的景象。我吓得在爸爸怀里哇哇大哭。

我突然想起我的"妈妈"还在房里。那是妈妈最后留给我的、我最喜欢的礼物。我每晚都要抱着它睡,就像抱着妈妈一样。

我要去抢"妈妈",但爸爸拽住我的胳膊,不让我动。我的双脚徒劳挣扎。

透过泪眼,我突然发现一个身影冲进火海。我惊呆了。父亲将我往外拖,我用脚踢他,不肯离去。

我看见那叔叔从火海里出来了。我看见那位叔叔在门口倒下了。一支水龙马上扑向门口,三个穿着同样衣服的叔叔冲了过去,背着那位叔叔过来。那位叔叔将手中的"妈妈"给我,我一把抢过来,紧紧抱在怀里,生怕再丢了。竟然忘了说声"谢谢"。

C

"这个消防队员好样的。"

"以为救人呢,为个玩具去拼命,太不值得了。"

"是啊,救人负伤了、光荣了,还能按规定享受相应待遇呢……"

"这个消防队员有点傻不拉叽吧!"

"你们怎么能这么说呢?"

……

开心无价

B

我通过当地消防大队，很快就找到了二十年前在我家灭火时负伤的那位叔叔的名字和家庭地址，得知他因双脚伤残当年就复员了。

我必须要当面向他说声"谢谢"。这个念头在我心里生长了许多年。不去了却，我这一辈子都不会安宁的。

我从祖国的东南来到西北。这是一个完全陌生的城市。当我按图索骥找到目的地，发现早已拆迁了。由于当时还没有手机，因此我也无法给他打电话。

我找到那里的派出所，说明来意并递上身份证。通情达理的警察叔叔很快从电脑上找出十八个同名的人，再排除年龄明显不符的对象，留下九个。逐一打电话核实。谢天谢地，第三个就是我要找的叔叔。我记下地址和电话，如获至宝。道谢后，急不可待赶往叔叔家。

是他爱人开的门。他坐在轮椅上，精神很好。看着我，满眼疑问。当我拿出那个布娃娃时，他马上明白了："哟，原来是你呀，姑娘。"

我再也无法抑制自己的泪水。我正要跪下，他爱人一把扶起我，夫妻俩异口同声说："别这样，姑娘。来，坐下说。"

我只好站着，给叔叔鞠了一躬，真诚地说了声："叔叔，谢谢您。这声谢迟了二十年，对不起。"

"嗨，这有啥嘛，不谢不谢。"口气平常得仿佛只是为我随手指了下路而已。

A

　　我是真没想到，二十年过去了，这小姑娘居然还能找到我，只为当面说声"谢谢"。这一刻，我为自己当初的决定而自豪。我从不后悔。

　　姑娘好奇地问我当初为什么会冒着生命危险只为她抢救一个布娃娃。

　　我知道有很多人不理解我的举动，当年离队时也有战友这样问我。我只说："兄弟们，继续战斗。"

　　我反问姑娘："那你为什么会千里迢迢来找我呢？"

　　其实我知道这一反问，姑娘早已明白了一切。不过我还是告诉她连我爱人都不曾知道的秘密：我八岁那年家里失火。和她一样，我母亲临走时也留给我一份特别的礼物——一支我最喜欢的木头玩具枪。和她不一样的是，她比我幸运，因为她有我，而我却没有人帮我抢出那份思念。所以，二十年前，当她发疯一样哭喊着妈妈要扑向大火，我马上明白了这个在别人眼里并不起眼的布娃娃在小姑娘心中的分量了。

C

　　还会有谁记得二十年前那场火灾？有那么一个消防员……

开心无价

铁骨娇女

寒风像一群无形的恶狗,紧追着衣衫单薄的人不放。

那是1936年元宵刚过不久的浙中大盘山区,天空飘着朵朵雪花,仿佛出丧时撒出的无数白色纸钱。

数百名恶狗似的国民党兵,向着这一片山区扑来,他们嗅到了这里有红军的气味。

茫茫山区里,有一处叫豆腐寮的地方,只有三间茅屋,被国民党兵团团围住。"嘭"的一声,门被踹开。屋里只有一个怀着六七个月身孕的三十多岁孕妇——张小娇。

数支乌黑的枪口对着她。她惊了一下,很快平静下来。

队长用手枪指着她喝问:"说,有没有见过共匪?"

张小娇说:"我们山里人,只晓得开山种地,勿晓得啥共匪。"心里却在想:幸亏丈夫李炳贵两天前出了门,不然就糟了。

两天前,李炳贵从五六里外的秧田村村民众说纷纭中得知,国民党省保安团已到当地,便与小娇商量是否外出躲避一下。小娇说:"我这个样子,跟着也是个拖累。他们总不会对一个孕妇怎么样吧?还是你出去避一避,等过了风头再回来。"

"给我搜!"队长一声令下,翻箱倒柜,掀床甩衣。

木箱砸碎了,衣裤散落一地。夹藏在其中的一顶红军帽露了出来。

"这是什么?还说勿晓得?不老实,给我打!"

张小娇立马被打倒在地。

"说,共匪去哪里了?"

"勿晓得!"

"共匪婆,给我绑了!把这匪窝给我烧了!"

张小娇眼睁睁看着自己和丈夫辛辛苦苦刚建起没几年的家被付之一炬,心疼得边掉泪边骂:"畜生、强盗,会遭报应的!"

房子虽然没了,但想到那帮亲如兄弟的红军已安全转移,她倒放心了。

那是三个月前,有两名衣衫破旧的外地青年来到豆腐寮。其中一人瞥见屋前的箩筐上写着"李炳贵"字样,惊讶地说:"真是奇了,我家离这数百里,居然遇见同姓同名之人!"

李炳贵好奇地问:"真的?你叫……"

那人回答道:"我叫李炳桂。你是富贵的贵,我是桂花的桂。"

李炳贵哈哈大笑说:"这世道,哪有富贵哟!真是有缘,快进屋里坐。"边请边问他是哪年生的。得知还是自己大时,李炳贵又笑道:"那你得叫我哥了。"又指着屋里的小娇说:"这是我老婆。"

那人立即说:"大哥好,嫂子好。"

小娇倒了两碗开水说:"渴了累了吧?先喝口开水。"

话闸从"这世道哪有富贵"说起,不知不觉拉开了。张小娇和李炳贵神秘地告诉两位客人:"天下还真有为劳苦大众出气的人呢。七年前冬天,邻县有过一场农民暴动,就是红军发动的。后来,又

开心无价

有工农红军第十三军来过这里，我们附近几个村就有好多人参加过战斗呢。这些红军，专打坏蛋，还分粮食给穷人。真是好人呐。他们来就好了。"

那个李炳桂说："不瞒大哥和嫂子说，我们就是红军，全名叫中国工农红军挺进师。我们就是替穷苦百姓闹革命、打天下的。"

"啊？"夫妇俩瞪大了眼睛，他们没想到红军竟然来到了自家。当听说还有九位红军分散在秧田村时，小娇便说："让他们都来这儿吧，两间茅屋给你们住，你们挤挤。"

李炳桂考虑到这里更安全，便说："那太感谢哥哥和嫂子了。"

张小娇说："自家兄弟，谢啥呀。"

这十一位红军，有时统一戴着帽子，有时不戴。帽额上那颗用红布做的五角星总是那么引人注目。

山区的夜，特冷。李炳桂一人在屋外路口放哨。小娇让丈夫去替他放哨。李炳桂毫不犹豫说："不行！"炳贵说："我家在这，我都不怕你怕啥？"李炳桂说："部队纪律，必须遵守。"炳贵见说服不了，便拎着个火笼陪他一起站岗。

张小娇除了做好一日三餐外，白天也帮着望风、帮这帮兄弟洗洗衣服。

十来天下来，细心的张小娇发现他们的饭量越来越少了，李炳桂还时常按着肚子。一了解，才知道他们江西人不习惯番薯、玉米这两样主食，特别是李炳桂还有胃病。小娇夜里就和炳贵说："你明天拿玉米去换点大米吧，我们受得了他们受不了呀。对了，碰见山下的亲戚，让他们年里年外就别来拜年了，就说我们要下山生小孩了吧。"

转眼年关将近，炳贵将家里养的一头猪杀了。李炳桂盯着猪肉双眼发光,不好意思地跟炳贵和小娇说:"借点肉……过年……"

小娇不等他说完就说:"什么借不借的,你们一块吃就是了。"

李炳桂说:"我们还有一部分战士在别处……"

炳贵就砍下一条约三四十斤猪腿给他。

李炳桂当天就亲自送过去了。

回来后,李炳桂和战友们嘀咕了好久。转天,十一个人一起走了。李炳桂只告诉哥嫂有事要办,过些天回来。

小娇心想:再过十天就是大年初一了,啥事不能过了年再办呢?

过了三天,他们果然回来了,闭口不提干啥去了。小娇夫妻俩也就不问。

除夕夜,十一位红军兄弟和小娇夫妇一起吃年夜饭。有战友问:"嫂子,孩子名字取好了没?"

小娇边爱怜地抚了抚肚子边柔声道:"还没呢,还有几个月。"

大伙闹开了,帮着小娇想若是男孩该取什么名字,若是女孩又该取什么名字。

过了元宵,李炳桂突然和小娇俩说:"大哥、嫂子,我们要转移了。"

小娇忙问:"为什么?莫非我们亏待你们了?"

李炳桂说:"哪里的话,我们感激还来不及呢!我们得到确切消息,国民党省保安队几千人就要来这一地区逐村搜查。"

"啊?那你们去哪儿?"

"我们决定先去与另一批战友会合,等国民党兵走了,我们再回来。按部队规定,我们每人每天一角伙食费。你算一下,总共多少?"

开心无价

小娇忙说:"哪有向兄弟收钱的道理?"

李炳桂说:"我们手头确实有点紧。我写张欠条,等下次过来一定付给你们。"

小娇说:"等风声过了,你们早日回来……"

"我们走后,你们千万要小心。"李炳桂边说边摘下头上的帽子,"这顶帽子,你们留着当个纪念吧!我们永远不会忘记你们的。"

红军兄弟们走了。

小娇和炳贵一直不知道这位叫"李炳桂"兄弟真名叫张文碧,是粟裕为师长的挺进师第一纵队的政治特派员。一纵队政委率另一队人隐蔽在邻县山区里。年前送肉过去时,政委和他商量,为了减轻当地百姓的负担、筹集部队活动经费,决定到县城边上一集镇打土豪,不想暴露了行踪,引起了国民党省党部的警觉,派兵前来搜捕。

五花大绑的张小娇被拉到秧田村时,已有两三个青壮村民被反绑在屋柱上,其他村民被集中在天井。

队长拿出几块银圆在手中抛得叮当响,对在场的村民喊:"说出共匪下落的有赏,不说的按通匪论罪!"

回应的只有满眼的怒火。

队长指着张小娇叫嚣:"把她给我吊起来打!"

张小娇被悬吊在梁下,鞭子抽在身上。腹中的胎儿踢踢小娇,小娇多想用手去安抚一下这个小生命啊……

张小娇被打得晕死过去。醒来后,队长对她吼道:"说!共匪去哪里了?"

小娇断断续续说:"要命有两条,要红军,勿晓得!"

队长吼道:"给我接着打!"

一下又一下的鞭子仿佛抽在村民的心尖上。面对几百个荷枪实弹的强盗,村民只能眼睁睁看着,不少妇女暗暗抹泪。

转天上午,队长对被折磨得已无法站立的张小娇说:"我最后一次问你,共匪去哪里了?不说就毙了你!"

小娇说:"勿晓得!"

队长暴跳如雷:"拉出去毙了!"

张小娇被拖到村外的菜园口,她用手摸了摸肚子,轻轻地说:"孩子,娘对不起你了……"

鲜血染红了小娇身下的白雪,肚里的孩子来不及啼哭一声、来不及看一眼这世界的模样,就跟着母亲一起走了。

开心无价

山　魂

一

1979年农历五月初的一个周末上午，骄阳在蓝天里发威。

有三五成群的村民急匆匆地往村外走，到后来，连小孩子和老人都急匆匆地朝村外奔去。

正在家里的聋叔从大家焦急的神色和匆匆脚步中，猜测到一定是发生啥事了。

离村约有二里开外的地方，叫下塘坑。此刻，田塍、土坡上站满了人们。

只见一位四十出头的男人，正蹲在田头抱头痛哭，哭得像一个四岁的小孩。

"我的稻子，我的稻……子……呜——呜——"

他顾不上面子，只顾伤心地哭。

他身上穿的那件有补丁，还有一处破口没缝好的半旧衬衣，早就湿透了，不知是闷热出的汗，还是擦了太多的泪。

"炳富，你就甭哭了，哭有什么用呢？"有人劝道。

哭声更悲更响了，哭声中有着懊悔……

"相忠大伯，这是咋回事？他家的稻子……"邻村的一位农民问身边一位相识的老人。

"哎，都怪我们山里人命苦哟。一年就这么一季稻子，辛辛苦苦种了，指望有个好收成。炳富上个月在城里买了一瓶啥素的农药，说是用了不会有病，可以增产的。可谁晓得，喷下去不到三天，整片的稻苗全枯死了！唉，作孽啊，作孽。我活到六十岁了，也没见过这么惨呢！七八年前那次大旱，人吃的水都快没了，也没见田里的苗子全死光呢！唉，一颗也没得收，叫人吃什么去呢？"

六十多岁的王相忠布满皱纹的脸上无不悲伤，他摸出一支"五一"牌香烟，取出火柴点上，吸了一口，喷出一股辣辣的青烟。在大热天下抽烟，他竟浑然不觉得热和渴。

在场的人们啧啧惋惜又窃窃私语，不时地将目光移向眼前一片枯死的稻苗，犹如冬季里的一片茭白田。

炳富的悲号仍在山间回荡，震荡在人们的心间。

"乡亲们那，你们可要记住，用药时必须要小心哪，不懂的，可以先问问……"

有位干部模样的人站在炳富的身边，对着村民，高声地讲着。

"这人是谁？"一位三十上下的中年妇人问身旁的村民。

"乡里来的，听说是读书出身的，肚里还有点墨水，专门搞种田研究的。"

"种田研究？"这位妇人莫名其妙，在她看来，种田有什么可研究的？

只听见那位乡里来的人又在说："炳富在使用增产素时，没有按说明书上的要求使用，不仅浓度不对，且最主要的，他不晓得使用这种药时，田里必须要有充足的田水才行。他不仅将三次的药量

开心无价

并做一次用了,而且田水枯燥,因而出现烧苗现象,想增产反弄得绝产了……"

"哼,说得好听。我去问问他……"

"哎呀,春梅妈,你做啥呢?"边上有位妇女想劝没劝住。

"你这位同志说得倒好,我们不晓得,叫我们问谁去啊?以后施一次肥、喷一次药,都跑到十多里开外的乡里去问你啊?"

"你们村就没有人能看懂说明书的吗?用法用量上面都有写的啊!"

春梅妈的脸忽地热了一下。这正刺中了山里人的痛处,因为她连小学也没毕业。全村二百多口人中,初中毕业生只有一人,毕业后就跑到山外去挣钱了。她讪讪道:"啥个新品种、增产素,害人呢!"

"这位大嫂,话不能这么说。乡亲们,你们说,杂交水稻刚引进来种时,不也是新品种吗?以前哪个品种的产量有这么高?有的两年不如它一季呢!"

人群里又低声议论起来。"是啊,是啊!唉,都怪我们没文化啊……"

忽然,从人群外冲进一个中年妇女来,一把拉起蹲在地头抹泪的炳富道:"死回去!丢人现眼……"她拉着炳富的手,也拉着众人的目光,挤出人群,往村里走去。

突然,炳富夫妇呆住了,众人的目光也呆住了。

一位满脸怒容的老人站在半米宽的山道上。手里拄着一根竹棍,身边还站着一个小女孩。老人的目光满含心痛、责备的神色。

"聋叔,您,您怎么也来了……"

炳富的妻子不由得尴尬地放了拉着炳富的手,讷讷地说。

其实聋叔什么也听不见，但他还能看见。

二

　　这个坐落在浙中某县南部高山区的山村，有个名副其实的村名，叫天岗岩。单从这个名字你就可以猜想这村地势有多高了。一条十多里长、令人望而生畏的山岭，有七里多是陡峭的羊肠山道。几个人走在山崖上凿出的石级，远看就像叠罗汉一样。只有村口的几百米路，稍微平坦、宽大些。这条十多里长的天岗岭，在山脚称天岗岭脚，近村的一端叫天岗岭坪，中间还有石马、牛角坑、跌水崖、下塘坑等许多奇怪的地名。其中尤以跌水崖处最为险峻。山路从一块凸出的岩背上经过，每逢多雨季节，雨水就漫石而过，跌下山涧，有二十米多高，颇为壮观。这若在大城市或旅游景区，不成为一处著名风景点才怪呢。由于这段路太险，大人一般都是抱着小孩小心翼翼走的，最起码也要牵着手走。

　　全村八十多户，二百多口人，基本上都姓王。只有几个从邻村娶来的媳妇或入赘的女婿是别的姓。他们祖祖辈辈日出而作，日落而息，生活虽然清苦，倒也有些世外桃源的气息。

　　聋叔真名叫王相德，在村里年纪虽不是最大，但辈分和威望却最高的。他是"相"字辈，"相"下面是"炳"字辈，"炳"下面是"沛"字辈。这种辈分的排列，在如今的平原地带已逐渐消失，取名都喜欢取个好听的、富有含义的，但在天岗岩村，男孩取名仍是严格按辈分来的，以至于你知道对方的名字，就可以知道你该叫对方哥还是叔或公了。

　　聋叔原来并不聋，年轻时，他是一个英俊的小伙，力气大，也勤快，臂上块块肌肉，足可以让健美运动员自叹弗如。他只读过初

开心无价

小一年书，那还是1949年前的事。那一年因父亲因意外去世，家里供不起，他就辍学了。他砍柴、放牛，稍大点后下地种田。1948年，山坡上、田野里大大小小、红红白白的花儿正开得起劲时节，他也喜气洋洋地从邻村娶了一个如花似玉的媳妇张桂兰。小两口的日子过得虽不宽裕富有，倒也相亲相爱，令人羡慕。谁知好景不长，那年10月，土匪来抓壮丁，他逃出去躲避，没来得及带走即将临盆的妻子。他在外面躲了一天，第二天悄悄回来时，谁知妻子连未出生的孩子都没了。被打断双臂的老娘哭着告诉儿子，有个禽兽奸污了桂兰，她去阻拦，被打断了双臂，桂兰被奸污后，又被那个禽兽用刀刺死……没过几天，他老娘也去了。

他双眼喷火，两天没吃一口饭。后来他就不多讲话了，后来他就玩命了。1950年剿匪时，他参加了剿匪队伍，与土匪拼命。有一回，他独自一人追了五里山路，抓回一个匪首。转年初，他当兵参加了抗美援朝战争。1957年转回家时，他成了一名功臣，却也成了一个聋人，他再也听不到左邻右舍亲切的呼唤了。据说他的耳朵是在朝鲜战场上被大炮震出血聋的。回来后，政府安排照顾他的生活，他却死活不肯，偏要回到这个穷山村里。政府于是每个月给他一定的生活费。

由于他有非一般人的经历，因而尽管他在本村年纪不是最大，威望却最高。大家见了都敬他十分。每当什么问题争执不下，只要他一到，双方就变得"大度"起来，问题也就自然解决。

这次王炳富稻苗枯死的事，不知怎的他也晓得了，于是他让隔壁八岁的小女孩春梅陪着来看看。看到这一大片枯死的稻苗，他的心痛了。媳妇、老娘走的那次，他都没有流泪，只有怒火和仇恨。而面对这片死苗，面对痛哭流涕像个四岁娃娃的炳富，他也不禁滚出了眼泪。

炳富夫妇慌了手脚，急忙扶聋叔往村里走……

三

聋叔的家在村中央，隔壁就是王春梅家。

自从聋叔抗美援朝回来后，他变得十分喜欢孩子。他刚回来不久，也曾有人帮他牵线，叫他再娶个媳妇，可他脾气犟，就是不肯再娶。整天只要有孩子在他眼前，他就是把每月领来的生活费全花了，也是一个劲儿的乐呵。

因为聋叔无儿无女，也就儿女成群了。村里"炳"字辈的及其配偶这一辈都管他叫"叔"，"沛"字辈的则叫他"公"了。春梅属"沛"字辈，只因她是女孩，名字可不带辈分的字。

在全村这批孩子当中，与聋叔感情最深的就是春梅了。这倒不仅仅是因为春梅天真可爱、惹人喜欢，也不仅仅是因为春梅家就在聋叔家隔壁，每天可与他做伴，更主要的是，可以说春梅的小命是聋叔给捡回来的。春梅四岁那年初夏，春梅得了病，春梅的妈妈求神烧香弄了好长一段时间，却不见春梅的病情有所好转。聋叔知道后狠狠地吼了一通。春梅的爸妈还愣着，这年头上医院没个五十、一百的怎么走得进医院呢？可是他们衣服上的口袋从来不是为装钱而做的，哪怕几角钱，也是包了又包压在箱底的。

聋叔不由分说，一把拉过春梅放在背上，高一脚低一脚急匆匆向天岗岭奔去，汗淋淋背到乡医院，已是黄昏，挂了急诊，可钱不够，于是他又凭自己这张老脸，到乡政府里打了证明，预支了两个月的生活费，才算救回了春梅这条小命。春梅的爸王炳贵和她的爷爷王相忠因此感激不尽。

开心无价

　　春梅病好后，也好像是知恩似的，对聋叔特别亲。她叫聋叔"公公"，每餐吃饭前总跑过去拖公公过来吃。他若不过来，她就捧着小碗过去。平时她放下碗就往聋叔家里钻，尽管聋叔什么也听不见，但她左一声"公公"右一声"公公"照呼不误，那甜甜的叫声，真让相忠老头妒忌呢。而两个老头坐在一起，打个手势，又呵呵笑了。

　　自从炳富家枯苗事件后，村里本来有好几户不想让儿子、女儿读书的，咬咬牙，想想还是让孩子们去读书。对于孩子来说，读书也绝不是好玩的事。每天早去晚归来回二十里山路，若中饭也赶回家吃，一天就四十里，所以许多孩子倒不是父母不让他们读，而是他们吃不起这苦，自己不想读。有几户人家经济拮据些，也就辍学算了，家里有个帮手也好。

　　一天中饭后，春梅又到聋叔家，跟聋叔做伴。聋公公拿出一个从部队带来的洗得褪了色的挎包，给她打手势，问她想不想跟小哥哥们一起去上学，春梅认真地点了点头。她八岁了，该上学了，聋叔一手拉着春梅，一手拿着挎包走到她家，对她的父母打手势，她父母明白了，也认真地点了点头，他这才高兴地拉春梅找伙伴玩去。

　　入秋后，春梅上学了。每天放学后总跑到聋叔家去做作业，聋公公也似乎越活越年轻了。一年以后，他就可以开始用最简单的字与春梅交谈，并和她一起做数学题了。

四

　　1980年农历正月十六。

　　春梅已是二年级学生了。

过了年的春梅真的像一支迎春的梅花，穿着新衣服，更惹人喜爱了。

这天早上她像只喜鹊飞进聋叔的家，拍拍身上胖鼓鼓的挎包，告诉聋叔要开学了。然后和往常一样抱着聋叔的脖子，撒娇地亲了他一下，就飞出去招呼同村同学一起去上学了。

天已转晴，而山区的积雪还没有完全消融。瓦楞上、山坡上还有寸把厚的积雪，屋檐下挂着手指大的冰锥。

聋叔跟着孩子们到村口一个晒场上，看着孩子们踏着薄薄的积雪，走下了天岗岭坪。

晒场上只有一尊雪人和他站在一起。那尊雪人是昨天他和孩子们一起堆的，花了整整半天时间。炳富、炳贵他们看见聋叔有此雅兴，也过来帮忙，于是雪人的身子滚得足足有油桶那么粗大，雪人的头也有菜篮子那么大，春梅跑到家里拿了顶破竹笠和破扫把，把破竹笠戴在雪人的头上，把扫把搁在雪人的身上，再用两块黑黑的木炭做眼睛、一截小竹做鼻子，这下子，可真像连夜在扫雪、又被雪洒了一身的老人了。这么大的雪人，三五天都融化不完的。

聋叔看看雪人，雪人的表层也融了一层，经昨夜一冻，像是穿了一件水晶衣服。太阳正从东边低矮的山岗上露出圆圆的头来，阳光照在它的身上，反射出缤纷的光彩，好看极了。

几位村民肩头扛一根扁担，系一副麻绳过来，看见聋叔都朝他们点头打招呼。山区里的人永远闲不住的，每年只有大年初一，才可整天在村里玩个痛快。对于他们来说，每年的休息日似乎只有这么一天。

聋叔回到家里，走到楼上，从一只箱子里摸索了好一阵子，才拿出一件已褪了几成颜色的绣着花的红头巾。他的手不住地颤抖起来，越来越厉害，他跌坐在椅子上。窗口射进来的阳光照在红头巾上，显得特别的醒目。在聋叔的家里，除了门口每年村里来贴上的"军属户"对联外，似乎就看不到红色的东西，几件简陋的家具也是他从朝鲜战场回来后添置的，现在都略带黑色了……

这款红头巾是他媳妇来到他家里时带来的，三十多年过去了，老娘走了，妻子连同未出世的孩子也走了，只留下这一块绣花的红头巾。如果他媳妇怀的是男孩并顺利出生的话，也该叫"王炳x"了，聋叔也该有孙子孙女了……

他的眼眶一热，他用颤抖的手打开红头巾，里面包着一块军勋章。没有人知道他喃喃地说些什么，只有他自己知道。他在说："娘、桂兰，我给你们报仇了……"

每年过年前后，他总要对着红头巾发呆好一阵子。平常，他与孩子们一起像个老顽童，只有这一时刻他变得不苟言笑……

忽然，他从窗口瞥见有成群的人急匆匆往村外跑去。

又出什么事了？他预感有什么不对劲，急忙藏好红头巾，抹了一下眼角，匆匆下楼，跟着大家一起往村外走去。

刚出村口就碰上四五个人，拉着又哭又闹的春梅妈往村中拖去。

春梅妈已哭哑了喉咙，人仍在不要命地挣扎着，想摆脱拖住她的人们，双腿在拼命地蹬地。

好多人都在流泪。

聋叔感到大事不妙，急忙拉住一个村民了解发生了什么事。

当他明白怎么回事时，也差点晕过去。接着，他也发疯似的往天岗岭奔去。在他身后，立即有两个小青年紧跟着跑去。

五

就在他坐在楼上，面对红头巾发呆的当儿，王炳富九岁的小儿王沛林气喘吁吁、哭哭啼啼、连滚带爬跑回村里，跑到王春梅家大叫："春梅妈，春梅……她……"话未讲清，倒先"呜啊……"地哭开了。

"怎么了？沛林别哭，对婶婶说，春梅怎么了？打你了？等她回家我打她，她怎么欺负小弟，别哭，别哭……"

"哇……哇……"沛林哭得更猛了，"她，她……跌到，跌到崖下去了……哇……"

"什么？你说什么？什么地方？"

"跌，跌水崖……"

"啊——"刚要喂猪的春梅妈她突然觉得一阵天旋地转，眼前一黑，不知人事了。

"春梅妈，春梅妈！哇——哇——"沛林更惊慌了。

哭声引来了春梅爸王炳贵，他一把抱起晕倒在地上的妻子，问沛林："怎么了？"

"春梅掉到跌水崖下去了，哇——"

"啊？"炳贵也惊呆了。

突然，他怀中的妻子猛然挣脱了他的手臂，一声尖叫，便向村外狂奔而去。

"孩子啊，我的孩子啊——"

炳贵忙追了出去，一边跑一边叫了几位村民。

有几位捧着碗儿正在吃早饭的，把碗一扔，一蹦就蹿出门，向春梅他妈追去。

有几位刚拿起锄头想去田野的,丢下锄头就往天岗岭跑去。

"快,快拉住她,别让她到跌水崖!"

这一声喊,惊醒了炳贵。他抄小路,一米多高的堤坎一跃而下,向正以惊人速度向跌水崖方向狂奔的妻子扑去,一把拖住了她。

她好像不认识他似的,转身就和他扭打。他一松手,她又向前狂奔。他再一次抱住她,吼道:"你别去,你去干什么?"

"让我去,孩子,我要看孩子……"

她突然像虚脱一样靠在炳贵的肩膀上,呜呜大哭。

炳贵急忙将她交给后面追来的几位村民,叫他们送她回家,自己又向跌水崖方向奔去。

"春梅啊——"春梅妈不知又从何处来了力气,拼命要挣脱拖住她的四五双男人有力的手。她爆发出来的力量惊人,一个男人无论如何是拉不住她的。

四五个壮年男人将她往村里拉,在村口,正好遇上聋叔。

若在平常,不管哪个撒赖,见到聋叔,自己就会变得规矩起来。可这回春梅妈仍是一蹦一踹,哭着闹着要挣脱四五双有力的手,喊着:"让我去,我要孩子!春梅——春梅!你不去读书了,你回来啊——"

当聋叔得知情况后,他也发疯一般,向跌水崖方向奔去。

六

炳贵叫人拖走自己妻子后,跌跌撞撞不知在路上滑了几跤,终于站在跌水崖上了。

"春梅——"

一声绝望的呼喊，在山涧回荡。一阵山风吹来，寒意甚浓。

这个年将四十岁的男人，终于再也忍不住了，"哇"的一声哭了出来。

眨眼间，村民们陆续跑到了跌水崖。

在这块突出的岩石上，还有一层光滑的冰。岩石的外边，就是二十多米高的悬崖。悬崖底部有一处被水冲击出来的凹陷处，像一个巨大的脸盆。此时盆底没有水。

炳贵急得就想往下跳，眼明手快的村民一把拉住他，从旁边的一条小路，小心翼翼地溜到了底部。盆底只有乱石和积雪，沾了血的乱石和积雪。

眼前的情景惨不忍睹。

炳贵一把抱起女儿，喊了一声"囡啊"，就再也说不出话了。

当村民们七手八脚好不容易将春梅抱上跌水崖背时，聋叔也到了。

聋叔奔到春梅身边，"啪"的一声跪了下去，混浊的泪水奔涌而出，在布满皱纹的脸上，老泪纵横。

村民们无不唏嘘。

他撩起衣袖，小心翼翼地擦拭春梅脸上的血迹，像是生怕弄醒了熟睡的她。他记得有一回晚上，她在他家做完作业后就趴在桌上睡了，他抱起她，看见她脸上有点脏，也是这样轻轻地为她擦干净，再抱她回家睡。第二天早上她过来说，昨晚怎么回到家的都不知道了。

他颤抖着，从她的身上慢慢地取下那只他给的褪了色的挎包，又慢慢地小心地背到自己的身上，然后再慢慢地小心地抱起春梅，跌跌撞撞往村里走去，几个村民想接过春梅，被聋叔猛地一搁，搁

开心无价

了个趔趄。他们吃惊他怎会有这么大的力气。

聋叔脸上的泪水沿着下巴胡子往下滴,滴在抱在怀里的春梅身上。

身后有人在问一个和春梅一起上学的孩子:春梅是怎么摔下去的?这个还在读一年级的七岁小男孩说:"春梅姐——扶我——滑下去的——"

七

聋叔一下子似乎老了许多。

大约半个月后,就在小山村又渐渐恢复平静的时候,人们突然发现聋叔家的门锁上了,谁也不知道他去哪儿了。

村里的老少凡能走得动的,都出去找。

乡里广播寻人启事,县里广播寻人启事。

十多天后,终于有信息了,原来聋叔到县城一条小巷里开了爿店,卖水果、茶叶蛋、开水等。

县里有关部门知道他是个革命功臣,对他特别优惠照顾,从资金、店面位置等方面给予大力支持。在县民政局、税务局等单位的帮助下,不久,他在一个热闹的临街地段开了一家卖小百货的店铺。

村里的人知道聋叔的地址后,也时常下山来他这里坐坐,要添置东西,只要聋叔这儿有的,就都在他这儿买。有时村里出的特产拿到城里,在他这家热闹的店里放着,一会儿就可以卖出去,而且都是好价钱。可这聋叔像变了个人似的,吝啬极了。村里不少村民开始不理解他了,说他要钱不要人情了,在山村大伙儿照顾他,到城里大伙捎东带西给他,他却毫无乡亲味,难道人越活越贪财吗?

最令人不解的是，他店里货物琳琅满目，越开越大，还雇了一个帮工，钱越赚越多了，可他吃的、穿的却仍然俭俭朴朴的。

这老头子究竟为什么会变得如此爱财？

村里人左思右想，最后终于明白：他在为自己的后事做准备吧？大概想走得风光一些吧！也难怪，他父亲、他母亲、他妻子走的时候，都没有个像样的送行和去处呢，若要将这些墓重新修造一番，非得三五千不可，加上他自己准备一下，起码得花费七八千的。

只能这样解释了。山里人都这么认为。

八

光阴似箭，转眼间，八九年过去了。

这八九年中，天岗岩这个小山村也变了许多，人口增长了许多，初中毕业的学生也不再只有一个了，上高中到县城读书的也有两个了呢，有一个考中了中专，到省城里去念书了，村里像出了一名状元似的高兴。

这八九年中，聋叔的年纪也不由自主地往上加码。他越来越感到自己也行将和早去的妻子会面去了。也许在那个世界里还会碰到背书包的春梅？

只有在夜深人静的时候，他看看存折里不断往上升的数字，心里才感到一丝的宽慰。

"再挣一点钱，趁我还有一口气，再多挣一点钱！"他心里想。

可是终于有一天，他力不从心地摔了一跤，就爬不起来。店里的伙计慌忙扶他起来要送他上医院。他示意伙计："快叫我村里人来，背我回家……"

开心无价

　　这八九年间,他在这县城里没少尝过酸甜苦辣,可是如今就要去了,他不禁对这块让他赚了不少钱的店铺留恋起来。

　　天岗岩村里的人听说聋叔病了,一下子自发地来了五六位年轻力壮的小伙子接他回去。王炳富也是其中一个。他们尽管对老人前后的看法不一,但打心底里都十分敬重他的。他们一见到老人后就要背他去县医院,可老人说啥也不肯,手指向家的方向,"啊啊"示意回家!

　　他将店里的事交给伙计之后,就让乡亲们带他走了。

　　先坐手扶拖拉机到乡里,再由五六个年轻人轮流背他,很快就到了天岗岭脚。

　　"啊——啊——"聋叔喃喃自语。

　　离开家乡近十年了,期间只回来过两次,一次是给妻子做七十大寿,一次是给县电力局同志带路。近十年了,这条山路仍然那么陡那么长,山坡上只多了几株电线杆。

　　他伏在小伙子的背上,像当年在朝鲜战场伏在救护员背上一样,感到好累,想休息一会儿。

　　上岭了,他随小伙子的背在摇晃。

　　他想妻子,好多年没去看她了,真对不起她。还有父母,这么多年来都托相忠老哥清明上坟时顺便培一把土,真是不孝。不过他想:父母和妻子都会原谅我的,他们会理解我的。

　　背到牛角坑,他指指一条小路,示意往那边走。

　　近十年了,去妻子、父母的坟地的路,他依然都记得一清二楚。在坟前他挣扎着下来,坐在坟前自言自语了一段时间,又从口袋里变魔术似的掏出一沓纸钱,小伙子替他点了。

背到跌水崖时,他又挣扎着下来。坐在岩上,面对近二十米深的山谷,他哆哆嗦嗦地从怀里掏出那个褪了色的军用挎包,背他的小伙子只觉得他胸口有什么东西,却不知道原来是一只挎包。

他从挎包里慢慢地取出一本书,一本语文书,书面写着王春梅。他突然"哎"了一声,让同行的人都吃了一惊。只见他将书一页一页慢慢地撕下来,抛下山涧,片片纸张,飘飘摆摆地向谷底坠去,轻飘飘的,像一个个人的灵魂……

做完这一切,他才让小伙子再背他回家。

路过下塘坑炳富那丘田时,他再一次要求下来。小伙子不知他要干什么。地里的番薯苗正长得茂盛。他坐下来似在侧耳细听,是的,他在听,他听见许多人在哭,他看见枯死的稻苗……

夕阳从西边的山尖上斜照过来,他那布满密密皱纹的脸上,有珍珠一样的东西在反射光亮。

只有炳富最理解他了。他走过去和聋叔并排坐在地里,脸色庄重如土地的颜色,抬眼看着远远的山尖,看着即将下山的夕阳。

把聋叔背到村里时,已是月上东山了。晚间的广播都将近结束。

天岗岩的早晨似乎比别处来得早,晚上月亮来得也比别处早。

当村里人知道聋叔回来了,都过来看他。简陋的房里挤满了老老少少的乡亲。

七十多岁的聋叔看到乡亲们仍然这么亲,心里一阵激动,嘴角嚅动了好一会儿。

他指指人群里的村支部书记,示意他过来。

村支部书记走到他床边。

他从怀里摸出一包红头巾,慢慢地展开头巾,里面已不是勋

开心无价

章，而是一本红封面的存折。

人们窃窃私语："果然如此，你看，知道自己不行了，就回到这块风水宝地来。用这些年攒下来的钱，风风光光地走。只是不晓得红本本上存着多少钱？"大家私下都说老头子攒了万把元，据说曾有个小伙子图他的钱，想认他做干爹，没想到这老头子铁公鸡的性子——一毛不拔，那小伙子也就不愿再叫了。其实聋叔什么也听不到，你叫他"儿子""爸爸"都一样，但老姜辣就辣在这双目光上，他能一眼洞穿你的心思。

村支书打开红本子，看到里面的数字时，不禁吃了一惊。

简直不可思议，十年不到时间，他竟攒了这许多钱，难道他不吃不喝？

突然，人们惊呼起来，聋叔晕过去了。

村支书急得大声叫唤，情不自禁地用手摇晃着聋叔的肩头。

"……"聋叔已合上的眼皮艰难地、慢慢地睁开，像是十多年没睡过似的疲劳，嘴里含糊不清地嚅动着。他艰难地抬起手，往胸口指了指。他已无力再掏东西了。

似乎在外流浪一生的游子回到了故乡，又似乎做完了自己想要做的事，心里的石头落地了，他再也没有什么牵挂了，所以，聋叔一到家后，像残灯油枯，光亮剧速暗下去。

支书小心地从他的胸前衣服下，拿出一本田字簿，簿面上还写着"王春梅"的名字。他急速翻到里面写过字的最后一面，只见上面歪歪扭扭地写着：

我走后，把我和桂兰放在一起就行了。这 25850 元钱，50 元作党费，其余的钱，在村里建个学校，或做条安

184

全的大路。如果不够,大家再集一点。咱们山里人不能没有文化。

村支书念完这篇"遗嘱"后,在场的人几乎都呆了,异口同声叫了起来:"聋叔!"

聋叔不知何时,已悄然合上了他那双疲惫了一生的眼睛。

"聋叔啊——"

王春梅的妈第一个号啕大哭起来,边哭边跪了下去……

"老弟啊——"王相中老头子也哭了起来,"你干啥呀——"

悲痛的哭声很快传染了在场的人。

围在床前的几个小孩"公公、公公"叫个不停,在他们大人的指教下,也跪了下来……

炳富、炳贵也跪了下去……

哭声挤满了屋里,破门而出。

黑黝黝的山岗在淡淡的月光下,波浪起伏,无边无际。

漫山遍野,回荡着哭声。

这哭声,不仅是天岗岭的村民发出来的,也是从群山深处发出来的,仿佛是在呼唤一个大山儿子的灵魂。

开心无价

三 思 而 行

我将车子开得慢得不能再慢，车子像只年逾古稀的蜗牛在城站前面的大街上兜着圈儿爬行。妻子站在敞开的车门口，探出上半个身子，扯直了略有沙哑的嗓子在叫客人上车。车内已有几位乘客，但在座位都没有坐满之前，我是绝不会上路的。干我们这一行的，都这样。不这样，扣除油费、养路费、管理费、税收、过桥费和汽车折旧费，非但没赚，反而要亏本了。只有傻瓜，才会上了一两个乘客便走。

尽管今天一整天没再下雪，但昨天和前天下的那一场雪依然白皑皑地覆盖着山林、田野。冬日温柔的阳光并没有使丰满的积雪消瘦多少，只有低矮的瓦房上和人来车往的道路上的积雪已消失殆尽。路上没有溶尽的积雪也早已失去洁白的本色，成了黑泥一般的黑雪了。

今天是1991年大年三十。除夕之夜的黄昏似乎来得比往日任何一天都要早些。现在只有四点多钟，炊烟便不知不觉地浓了起来。

车内最早上来的那几位乘客开始嘟哝："是不是可以开车了？早点回家好过年呀！"

习以为常。我叼了根烟点上。干我们这一行的，听这种话是家常便饭了。我置若罔闻，妻子则赔着笑说："就去了，就去了。我们也要赶回来吃年夜饭呢！"旋即又掉头朝门外喊起来，"去××快来，马上走了……"

我喷出一口烟，青青的烟雾在挡风玻璃上碰了一下，便向四周弥漫开来。车前窗昨日贴的那个鲜艳的大红双喜字还没扯掉。这个喜字倒给这除夕夜的这只中巴增添了一份喜庆的气氛。昨天有位朋友介绍，包车接送新娘，一个下午就赚了三百元。昨夜回到家与妻子一算，妻子猛拍桌面一下吓了我一跳。妻子激动地说："明天再挣它五百元，今年就可以达到六万毛钱了！"

"哈，六万！六六大顺呢！吉利吉利，好数字，好兆头呢！"我也跳了起来，这一整年三百六十五天的辛苦，便在这一跳中荡然无存。我说："明天早点回来，好好款待你一下！你嗓子的'磁头'也该好好'清洗一下了。"

又有三五个人提着年货进了车门，仿佛是漏网之鱼重新又被网儿兜住。转了两圈，车内的座位基本上已坐满了，我仍放慢了速度想再等几位客人。车厢里"抗议"的声音却此起彼伏了："究竟走不走？不走我们下去了！""快点开呀，不然到家里就是明年了！""家里还等着我的东西烧年饭呢！"

历来是众怒难犯。我见人数也差不多了，又见另外三四只中巴也像中了毒、行将翻白的鱼在街上打着圈儿兜客，便加了油门，车子轻快地在湿漉漉的街道上奔跑起来，往城外开去。车厢里，立即以过年的话题取代了刚才的牢骚。

谁知车子刚出城外，挥手拦车要上的乘客出乎意外地多，且大多手里都没空着。对我来说，当然是韩信带兵——多多益善了！多

开心无价

一个人就多五元钱呢！见有人挥手示意上车，我都停下让他们上。

车厢内的乘客大叫："挤死了！""挤不上了！""喘不过气了！"妻子在做艰难的动员，从都是邻里乡亲说到大家都归心似箭回家过年，让车里的人往里挤一挤再带几人。

一挤再挤，现在车门也无法关紧了。本来只坐十八人的车现在已塞进了三十多人还有许多行李。我很是担心站在门口的妻子的安全。突然，我发现有辆自行车正在横穿，我下意识地右脚慢踩刹车，左脚踩下离合器，右手操作换挡杆，却怎么也换不成挡。情急之下，我一脚踩死刹车，汽车猛地停下，熄火了。车里的人都突然惊叫了一声。

我低头一看，原来是坐在发动机盖上一位乘客的腿把换挡杆顶住了。我吓了一身冷汗，让他挪一挪腿，别妨碍我开车。

中巴重新启动上路。

出县城五公里左右，迎面过来一支出殡队伍。当时正好有两人要求上车，我停了车让他们自己拼命往里边挤。就在这时，低沉的锣声、沉闷的鞭炮声和哀伤的哭声伴着不长的队伍缓缓过来。车厢内霎时无声无息，静静地看这支队伍交错而过又往右边拐入一条小路。

待这支队伍一过，车内有位乘客打了两声"蹩脚今销"（百劫今销），然后说："有官又有财，吉利吉利。"

有人在议论："哪个先生挑的日子呀，怎么会在年三十下午出门？"

有人接嘴说："年内出了，明年重新开始。有这风俗。"

"他就是城西××村的吴某。上个月从省城回老家时，在中途的山岭上翻车死的。"有位熟悉死者的乘客说。上个月大客车翻车的事我倒也听到过，当时心里只是想：这是运气不好。别的也没多想。

"怎么会翻呢？"有人问。

那人又说："我听我一位死里逃生的朋友说，那个驾驶员为了多带几个旅客，将行李全部放上车顶，车厢里面全部是人，座位坐满了坐发动机背上，发动机背坐满了站在过道上，过道上站满了就站在车门口。那天高山上又有积雪，车子到山岭一个急转弯地方时，路面滑，车顶行李又太重，车里人又太多，一下子就翻了……"

有一阵特别冷的风从窗口吹进来，打在我的脸上，我打了个冷战。我分明听清了后边乘客说的话，又仿佛他们在说的不是一个已发生而是一个将要发生的事故！刚才无法顺利换挡位的情形又在我眼前晃动。

车外那两位徒劳地挤了好一会儿，见实在挤不进车厢，只好作罢。

"快开啊，快开啊！"车厢里又叫了起来。我旋了一下钥匙将发动机熄了火，才回过头来说："没有座位的朋友，很对不起，请你们下车……"

未等我说完，车厢里便沸腾起来："什么？叫我们下去？我们又不少你一分钱，干吗要我们下去？"

"请你们听我说，没座位的朋友请下车，我不收你们的钱……"我提高嗓音道。

"你是嫌钞票赚得太多了噢？"不等我说下去，有人立即顶嘴，"我们就是不下！哪有已上车开了这么长路又要人下去，把我们扔在这前不着村后不着店地方的道理？让我们冻死呀？让我们别过年啊？还有点良心吗？！"

开心无价

"存心和我们过不去吗?"

谴责、不解、讽刺、挖苦,什么样的话都有,就连妻子也莫名其妙地问我:"你怎么了?"

我等了两三分钟,等车厢内的话少了些,我再一次提高声音说:"让我把话说完。我也想多赚一元钱。但你们刚才也听到了,刚出殡的那人怎么走的?今天是今年最后一天,大家都希望平平安安回家,快快乐乐过年。请你们理解。去××的车,后边还有四辆,稍后就来的。他们的车不挤,你们坐他们的车吧!请你们相信我,我是为了安全着想,绝不是与你们过不去!"

我看见妻子表情很复杂,一句话也不说。她绝不会想到我会这样做的。但我相信她会理解的。

仍然没有人下车。

"这样吧,下车的人,我赔你们一元,请你们坐空闲的车去。如果别的车也很挤,我愿意晚点过年,再来这儿一趟接你们,也无非是一两个小时……"

我说了足足有三分钟。有一位个子高大的青年喊了声:"木郎人!"便下了车。

随后,一位老伯说:"驾驶员讲得对,下次我还是坐你的车放心!"并坚决不要那一元钱。

随后,一个又一个人下车。大多数人竟也要了那一元"损失费"。我见妻有点不愿,就说:"给他们吧,就算用二十元钱买了个安全,不是很值得吗?"

车子重新轻快地在马路上奔跑起来的时候,我的心里感到从未有过的轻松。车厢内只剩下十七个乘客。刚才这一停,非但丢掉了七十多元钱,还倒贴了十多元。但安全是千金难买的呀!如果用三

190

万、五万甚至十万、一百万元,就能换回一条生命,谁都会毫不犹豫地答应的。

公路两旁的田野依然白雪皑皑,不远处的村庄已升起袅袅炊烟。不时地有几声鞭炮传来。我小心地打着方向盘,耳里却听出了鞭炮声响的两重含义来。

明天是新年第一天,得好好陪妻子和小女儿出去玩玩!

安全多好!

开心无价

拨 浪 吴

　　直到现在，方圆最见不得的物件依然是很不起眼的、孩子们最喜欢的玩具——拨浪鼓。在她懂事以后，在她爷爷去世以后，每见到拨浪鼓，她就会发呆，就会想起爷爷，就会泪流满面。

　　这是一把木身牛皮面的拨浪鼓，鼓框扁圆形，鼓框中间插着根圆木鼓柄，鼓框两耳各钉一根皮条，皮条末端各系着一颗珍珠似的小珠子。鼓身涂有红漆，颜色早已斑驳，两边鼓面正中已被撞磨发白。轻轻一转鼓柄，两根皮条就会随着惯性甩动，条端的小珠子就不断撞击鼓面，发出"拨浪拨浪"清脆的响声。

　　方圆的爷爷并不姓方，姓吴，叫吴永平，生于1935年，但十里八村的老少都叫他"拨浪吴"。他也是永安镇乐安村人，住宅与老倔屈子崛家的老宅紧挨着。祖上经商，积攒了些家产，但到他出生时，早已家道中落。他只上过三年私塾，父母让他回家干农活，他却扛不起锄、插不好秧。他二十岁前后，父母和一个妹妹相继染病身亡，他成了孤儿。从此，他挑起了货郎担，手摇拨浪鼓，串村走巷。有时早出晚归，有时三五天也不回家。货郎担一挑就几乎挑了一辈子。

　　"拨浪吴"其实是一个性格开朗、好结朋友的人。那年月，拨浪鼓清脆的响声，对大人和小孩都有着不可抗拒的诱惑力。只要一听到这特有的声响，还不等"鸡毛、鸭毛、鸡肫、头发、鳖壳有喂——"的叫声响起，早有小毛孩急不可待找了母亲梳头积攒下的头发，或家里存的鸡毛、鸭毛，屁颠屁颠奔过来，目光盯着货郎担一头的方形木盘上的麦芽糖发直，嘴里早已垂涎三尺，或围着另一头方形大木盒不肯挪步。那大木盒分割成许多小格子，上面盖着玻璃。透过玻璃，就能看到琳琅满目的日杂用品和孩子们的玩具。有男孩喜欢的木制玩具枪、拉炮，有女孩喜欢的花花绿绿小玩意儿。妇女们会围过来，选补一些家用的针头线脑、纽扣等小件日用品。男人们也会围过来买包低价卷烟或土制烟丝。一副小小货郎担，仿佛是百货商店，全是让人自愿掏腰包的货，即便这次没有想要的货，下次再来时就准会有了。

　　但"拨浪吴"每次回家一盘算，却又没积下几个钱。一人吃饱全家不饿的他兜里有几个钱，豪爽的气儿就来了，因而他的朋友很多，人缘很好。有一回，隔壁的老屈叔劝他该积点钱娶个媳妇了。他哈哈一笑："腿肚子垒灶的人，哪个姑娘会上心！"

　　"拨浪吴"有个姑姑嫁在三十里外的一个小山村，她有个儿子与"拨浪吴"年纪相近，"拨浪吴"喊他为哥。媳妇过门两年、生了个儿子，这个哥却意外死了。他姑姑想"肥水不流外人田"，就做通儿媳的思想，招了"拨浪吴"上门。不会上山下田干农活的人，终究是无法在山村生活的。"拨浪吴"依然挑着货郎担行走江湖，回家依然带不回几个钱。媳妇问他，他说用了。钱挣不到家、队里又挣不上工分，争吵多了，日子无法过了，只有离了。这时，方圆的父亲已两岁了。

　　那时中华人民共和国已成立，《中华人民共和国婚姻法》已颁

开心无价

布实施。"拨浪吴"媳妇与"拨浪吴"离了后,将六七岁的大儿子留给他奶奶抚养传宗,自己带着两三岁的小儿子,改嫁到距乐安村二十里地的石泉村一个性格内向、忠厚老实、干农活一把好手的方姓男人家。带过来的儿子也就姓了"方",取名"方新"。好在方姓男人后来虽添了两男两女,但一直视方新如同己出。一家人日子虽过得紧巴,倒也相亲和睦。

"拨浪吴"时常会挑着货郎担来石泉村吆喝。方新忍不住诱惑会跑去。他不知道眼前这位满脸笑嘻嘻、眼睛眯得只留一条缝、手里摇着拨浪鼓的人就是自己的亲生父亲。只要他一到跟前,"拨浪吴"就会一手拿起薄钢片衬在包着箬叶的麦芽糖饼上,另一手拿起小铁锤横击钢片,"哐当"一下,敲下一块香甜嘣脆的糖递给他,看他吃得津津有味,就问:"好吃嘛?"方新无暇回答,一边小鸡啄米似的不住点头,一边含糊不清地"嗯嗯"着,馋得其他小伙伴直流口水,缠着大人也要糖吃。这时"拨浪吴"就会笑嘻嘻地说:"白糖白洋洋,小孩吃了不赖娘;白糖蜜糖甜,大人吃了身体健。卖白糖嘞——"

但每次方新回到家或被母亲拽回家,总被母亲一顿臭骂甚至一顿毒打,不允许他下次再去,说那人是坏人。这样三五回后,方新再听见"拨浪拨浪"清脆的响声时,尽管喉咙吞咽着口水,却不敢再去了。

渐渐地,"拨浪吴"不来石泉村了。

渐渐地,方新长大成人了。他母亲也将他的身世和他说了。

方新娶媳妇的时候,"拨浪吴"过来喝喜酒,尽管他给了方新一千多元钱,这在 20 世纪 70 年代末 80 年代初,已是一笔数额不少的财富了,但寒酸的穿着、生活的陋习,让方新和媳妇很是瞧不起他。

方圆出生的时候"拨浪吴"也来过,喜得他笑容满脸都是。他给了儿媳一百元"见面钿",说是祝小孙女长命百岁。

方圆上小学的时候,每天上下午放学前后,"拨浪吴"几乎都会挑着货郎担、摇着拨浪鼓,停歇在校门口。由于时代的进步、交通的改善、经济的发展,"拨浪吴"货郎担"日杂用品"这一端已被淘汰,而做了三十多年的麦芽糖却是越做越好,"拨浪吴"就干脆专做麦芽糖卖。只要方圆一到跟前叫声"爷爷","拨浪吴"就眉开眼笑,随手拿起薄钢片衬在包着箬叶的麦芽糖饼上,另一手拿起小铁锤锤横击钢片,"哐当"一下,敲下一块香甜嘣脆的糖递给她。看她吃得津津有味,就问:"好吃吗?"方圆一边小鸡啄米似的不住点头,一边甜甜地说:"好吃。"馋得其他小伙伴直流口水,缠着大人也要糖吃。这时"拨浪吴"就会笑嘻嘻地说:"白糖白洋洋,小孩吃了不赖娘;白糖蜜糖甜,大人吃了身体健。"方圆有时会说:"爷爷,这是我的好朋友,再来一块。""拨浪吴"就二话不说,又"哐当"一下敲下一块比给方圆的略小一点的,递给方圆,让方圆递给同学。

方圆因有这样一位爷爷,班里和她要好的同学就多起来。方圆很是为有这样的爷爷而自豪。

尽管方新没有像自己母亲不允许自己与"拨浪吴"接触那样反对方圆与她爷爷的来往,但方圆到镇里上了初中以后,也许是不再稀罕这点麦芽糖,也许是知道要面子了,她心里的自豪感渐渐消失了,取而代之的是羞耻感,认为这样的爷爷没出息,给自己丢脸。"拨浪吴"依然每天上下午放学前后,都会挑着货郎担、摇着拨浪鼓,停歇在校门口,但方圆却不再理他。有一回"拨浪吴"见方圆从校门口出来,双眼发亮,老远就开心地喊道:"圆圆过来,吃糖!"方圆噔噔走过来,并不接糖,很不高兴地说:"你以后别再来这里卖糖了,再来,我不理你了!"说完,就噔噔地走了。"拨浪吴"的笑容僵在脸上,讪讪地将手中的糖放回木盘上,看着远去的孙女,眼中的光亮渐渐暗了下去,一股悲凉渐渐爬上脸庞。

从此后,"拨浪吴"真的就再也没有到方圆所在的学校门口露过面。

方圆读高二那年,父母突然主动带方圆一起去乐安村看她爷爷。破旧、阴暗的老宅里,八十多岁的"拨浪吴"已奄奄一息。他拒绝去医院住院。他要求与方圆单独谈谈,方新便和媳妇退了出去。

"拨浪吴"抖抖索索从床里壁拿出一本存折和那个跟了他一辈子的拨浪鼓,递给方圆,说:"圆圆,你爷爷没本事,活一世,只积攒了万把块钱。这钱我不想给他们,"他指了一下门外,"我要给你,你别嫌少,这钱绝对干净的……密码是你出生的年月日。这把拨浪鼓也送给你,想爷爷的时候,你可以摇摇。等你以后成家有孩子了,还可以当玩具呢……"

方圆突然觉得自己和爸妈,对这个爷爷关心得太少了,觉得心里难受,"哇"地哭了,抽泣着说:"爷爷你不要死,我要吃你做的糖,我要吃你做的糖!"

"拨浪吴"苍老的脸上露出了开心的笑容,说:"好孙女,爷爷不会死的,过些天,等爷爷好了,就做世上最好吃的麦芽糖给你吃。"

方圆最终还是没有吃到世上最好吃的麦芽糖。在送"拨浪吴"上山那一刻,方圆泣不成声,执意一路摇响拨浪鼓。清脆的"拨浪——拨浪——"声,声声撞击着前来送行人的心扉。

自此以后,方圆最见不得拨浪鼓。每见到拨浪鼓,她就会发呆,就会想起爷爷,就会泪流满面。

现 实 生 活

一

"老头子，你这就去吗？"一个老妇人的声音在凌晨的黑暗中轻轻响起。

"嗯！"话音一落，昏黄的灯光立即充满这个显得破落而又空洞的房子。阿昌提过一条中裤起了床。

"那我起来给你烧早饭？"

"甭，昨晚不是还有剩粥吗？时间还早，你再睡会儿。"声音仍然压得很轻。

"行吗？"

"喝了一世的过夜冷粥，有什么不行的？"

"哎！"老妇人幽幽地叹了口气。

黎明前的夜复归寂静……

过了一会儿，阿昌放下碗筷先到另一张床前看了看，再来到自己的床前跟老妇说："老太婆，我走了哦……"

"哦，自己多小心啊！"

"我晓得的。小磊你多看着点。"

开心无价

　　熄了灯，掩上门，阿昌发现天还只是蒙蒙亮，在这 5 月的凌晨，不冷不热，正是赶路的好辰光。他熟练地来到牛舍，发现那只跟着自己吃了四五年苦头的大黄牯还曲着四腿蜷缩在一角休息。它见主人这么早来拉它出门干活还真有点不高兴呢，懒洋洋无奈地站了起来，猛地摇了摇头，甩了甩尾巴，打了个响鼻，跟着主人离开了原本也不怎么温暖但很是让它留恋的窝。

　　出了村庄便是山道，到自家地里的路，大黄牯闭着眼睛都能走去。但当它想循着老路走时，主人却拉住了它的牛鼻。大黄牯疑惑地看着主人，主人却不敢看它，只是摸了摸它的头，叹口气，走到前面牵着它往山下走。大黄牯满是疑惑又无奈地跟着，顺便撂几口路边新鲜带露的嫩草。

　　四五里的山路不算太长，但牵着一头牛速度也快不了。等阿昌到山脚大马路时，朝阳已在东边露出了红脸。这时，大黄牯又一次停下脚步。它感到有点不对劲。主人稍用力拉拉缰绳，它也用力甩一下头，并"哞——"的长吼了一声，似乎在发泄对主人的不满。阿昌再次走回到牛的身边，又摸了摸它的头，拍了拍牛脖子。以往只要阿昌这么一摸一拍，黄牯就会什么脾气都没了的。可今早它仍然犟着不肯挪步。阿昌蹲在路边，掏出根劣质烟点上猛吸起来。他偷偷抹了下眼眶，下很大决心似的狠狠地扔下烟蒂，对着大黄牯的屁股猛地重拍了一下，嘴里吼叫："你走不走？"大黄牯被突然的一记猛击吓着了，条件反射地撒腿向前跑去，阿昌跟在后面，朝着旭日方向走去。

　　阿昌看看鲜红的朝阳，忽然觉得自己正在向着希望迈去……

二

今天是大苍镇的集市日，往来的人主要集中在镇中心的十字街口一带。十点多钟时，十字街口聚集了一大堆的人，阻塞了交通。一辆接到报警的警车迅速赶到这里。

车上下来两名年轻的干警，一位姓王，另一位姓陈。他们拨开围观的人群，发现人群的中央有一位六十多岁的男子正瘫坐在地，老泪纵横，呼天喊地。

是的，这人正是早上下山赶市的阿昌。

一个堂堂七尺须眉若不是到了绝望地步，岂能会像个妇人哭天喊地的？

"怎么啦？怎么啦？"两位干警不约而同地问。

围观的人异口同声地说："他的钱被骗光了。"

"多少？"

"不清楚啊，听说好几千。"

"老天呀，你让我怎么活呀……"阿昌哭喊道。

"你起来，先起来，跟我们到派出所去做笔录。"陈干警说。

"我不去。哪儿也不去！我不寻着那个没良心的人不行。"

"你傻还是那人傻啊？他既然骗了你的钱，还会在这里等你来抓啊？你先起来跟我们走，把事情说清楚，看看我们能不能帮你把钱追回来呀！"王干警并转身对围观的人群说，"大家都散开吧，别阻塞了交通。今天人多，更要注意交通安全。"

坐上警车来到派出所，王干警先倒了凉杯开水递给阿昌，说："你先静一静，再把事情经过详细地说给我们听！"

或许是真的渴了，阿昌咕嘟咕嘟几下就喝完了一杯水。王干警又给他续上一满杯。他接过又喝了半杯,才结结巴巴又不知从何说起地"我……我……"起来。

"别急,别急。"陈干警说,"我问你答。你叫什么名字?"

"成洪昌。"

"今年几岁?"

"六十三了。"

"哪里人?"

"本镇山岭头村人。"

"哦!这村我去过呀,是个二十多户的小山村。你现在说说钱是怎么让人骗去的。"

"我……我……"一提到正事,阿昌又结巴起来。他真不知道该从哪里说起。

"我家前世真不晓得做了什么孽啊!"阿昌忍不住眼眶又湿润起来。他摸了一巴掌嘴唇,说道:"十多年前,我的儿子好不容易娶了个贵州人当老婆,花了五千多。开始那女的不安心,后来见我们全家真心待她好她也安心了,转年为我们家生了个胖小子。我们全家虽说生活过得清苦一些,但也感觉有奔头、有希望了。我和儿子上山下田做生活,我老太婆和媳妇在家料理家务带孙子。看看小孙子,我和儿子啥苦都愿意受了。谁料孙子两岁那年,我儿子在一次背树下山途中不幸摔下,送到医院抢救,钞票用了不少,结果还是闭了眼睛走了。哎,一下子我家就跌落来了。媳妇整天抹泪,我和老太婆也是不想做人了。再转年,那媳妇还是狠心咬牙留下三岁的小儿子,自己走了……哎,我们不怪她啊,只怪自己家里没福气哟!哪里晓得,屋漏偏逢连夜雨,去年我七岁的小孙子生病,送医院一看,说他什么心脏有什么病,说要动手术,钞票至少得三五万！天呐，叫我家怎么办呀！我和老太婆把家里好卖的东西都卖了，向四亲九眷能借的都借了，也只有一万多点钞票呀。上个市日，我来问过，我最后只能将家中那只大黄牛牵来卖了再说。今日我一早五更下来赶市。讲实话我真是舍不得卖这头牛，抵得上两个劳力呢。没了它，我田地不晓得怎么种了。"

阿昌又喝了口水，再用巴掌将嘴唇摸了一圈，接着说道："但没办法啊。我想卖给种田人，至少它还有命好保，但价格太低。我急要筹钱啊！没办法，我最后还是狠心将它卖给了杀牛人。我接过钞票走时看见我的牛也在流眼泪啊。哎——"

阿昌停了一下又说："四千元。杀牛人讲，如果不是我的情况让人同情，四千是绝对没有的。我讲，如果不是我家急于用钱，打死我也不会把它卖给你的。"

"我藏好这四千元钱往回走，路过那十字街口时，忽然有个中年男子对我说：'这位大伯请等一下，你家有麻烦事呀。'我开始以为不是跟我说，因为我不认识他。我回头看了下，他说：'说你呢。'我问他什么事，他说： '如果我没猜错的话，你家有麻烦事！'我问他怎么知道的，他说他会看相。他还说这麻烦事要是不破解了，会有大祸。他让我坐下来，然后又说：'大祸一来，断种绝代。'我吓坏了，这不是分明在说我小孙子无救了吗？我问他咋办，他说很难解，幸亏我遇见了他。他说他有祖传的秘方，但绝对不能让外人知晓。他拿出一张黄纸，嘴里叽叽咕咕说着什么，跟我说是念了咒，然后拿出一把小刀在黄纸上一划，奇怪事出现了，那黄纸上竟然出现了血迹！我长这么大从未见过。这是我亲眼所见，他没骗我啊。他在我耳边轻轻地说：'你现在将身上所有的钱拿出来，和这张灵符包在一起，千万不能跟别人说。拿回家放到一个没

开心无价

人知道的地方,过三天才可以拿出来看。未到三天的话,没有作用的。'我想想他又没说把钱拿走,让我自己拿回家去的,就将身上的四千元钱全部拿出来。他说钱越多越好,我说就这么多了,他说也可以了,就当着我的面,拿出一张报纸将钱和那张黄纸一起包起来。这时,小桌一斜,桌上的一支笔滚落在我脚跟前。我低头帮他捡了起来。他将包好了的纸包交给我,又一次吩咐我不能让别人知道,一定要过三天才能打开,这样才能消灾。然后他向我要一百元的辛苦费,我说身上的钱都包在纸里了,只有五十元零钱备用的。他很客气地说本来没一百是不行的,看我老实家里又有灾难,就收我五十算了。"

阿昌抬头看了看面前两位干警。陈干警说:"你接着说。"

"我付了五十元钱后就直接往回走了。我边走边想:连同今天这四千元钱,凑足了两万,可以送小孙子去动手术了。那人既然说要过三天,就三天后再去也不迟。那人真是神了,不生不熟的,怎么会知道我家的事呢?大约走了十多分钟,我想想又有点不对劲,越想越怕了。也管不了三天不三天,我得看看里边是不是我那四千元钱。如果是四千,再包回去也行。我于是打开一看:啊呐,老天啊,哪有一张钞票啊,全是草纸!我蒙了,急忙往回跑,可哪还有人啊?我脚都软了。这可是我孙子的救命钱啊!我急得大哭了。不久,你们就来了。哎,同志啊,这叫我怎么办啊?"

"你呀,你这叫我们怎么办啊?"王干警又气又恨地说。

"如果不追回来,我就没办法救我小孙子了。我孙子如果无救了,我还活着干什么啊?"阿昌后悔莫及地拍打自己的大腿。

做完笔录已十一点多了。为了防止意外,经办的两位干警用车送他到山脚。陈干警和王干警嘀咕了一下,对阿昌说:"走吧,我陪你回家。"

家中的老太婆一见警察跟着老头子到家，吓了一大跳，急忙问出什么事了？老头子耷拉个脑袋说不出一句话。

"你倒是说话呀。"老太婆急了，以为他犯什么法了。

陈干警只好替阿昌说："他卖牛的钱被人骗走了。"

"啊？"老太婆呆了，半晌说不出话。猛然，她扑过来一把抓住老头子的衣服，哭道："你回来做啥？你让我和小磊都死了算了，让你一个人活吧……"

"我也不想活了，我们一起死好了。"老头子也吼了句。

"你们先别这样。"陈干警说，"他也不是故意的，是骗子没良心啊！"

说了好多安慰的话后，陈干警最后对他们说："你们别急，我们会想办法帮你们把钱追回来的。"

"真的？"两位老人以为自己听错了，异口同声问。

"给我七天时间，好不好？"

"好好好。如果能追回来，你就是我们的恩人啊！"

回到车上，陈干警跟王干警说："我答应他们七天内为他们追回四千元钱。"

"什么？你？你疯啦？怎么追啊？还七天！"

"可我们总不能因为四千元钱让他们一家三口都没生活的勇气了啊。实在没办法的话，我们就是发动募捐，也得凑上这四千。"

"对了，他不是在十字街口被人骗的吗？快回所里去。"王干警突然脑子里灵光一闪。

"有路子？"

"监控！"

"嘀，对呀，刚才咋没想起呢。快走。"

三

第二天上午，县电视台记者到山岭头村采访了阿昌。当晚，县电视上公开播出了这件事，并同时播出了公安部门监控录像资料，一方面提醒广大市民注意防骗，一方面敦促犯罪分子投案自首，同时呼吁社会上好心人伸出援助之手。

第三天，报纸也做了报道，并在全县发起募捐活动。

第四天，迫于压力，那个骗子主动到派出所投案并将四千元钱交到警察手中。

王干警和陈干警那个高兴呀，真是无法形容了，跳上车一溜烟向那村子奔去。

当他们连跑带爬到阿昌家时，一家三口人都在哭。原来，阿昌想把家里唯一值钱的一台二十一英寸彩电拿去变卖，可孙子说啥也不肯。这台彩电是他爹妈结婚时买的，小磊又爱看电视，再说现在这台彩电拿去卖也变不了几个钱，根本无济于事呀。所以三人都哭了。两位警察听后哈哈笑了。三人正莫名其妙，陈干警说："我说过七天帮你们追回来的嘛，你们就这么急？等不及了？给，你们的四千元钱。"

"啥？"二位老人惊呆了，"真的啊？"

"真的啊！我们这点工资可贴不起的呀。快，拿去数一下，是不是四千？"

"啊呀，恩人哪！"阿昌说着就要跪下来！

"哦，别这样别这样。"两位干警一把拉他起来，"以后要多加小心，可别再让别人骗了。"

"嗯，嗯，老太婆呀，快让警察同志坐一下，烧点心呀。"

"哦，哦。"老妇人如梦初醒般。

"不啦不啦，我们也担心你们急，所以赶紧送过来。我们还有事，先走了。"

"不行不行。你们一定要坐一下。"

"我们真的急着要赶回去，还有事情要处理呀。我们下次再来。"

两位老人和小孙子一起送这两位警察出了村庄，直到看不见了才转身。

被骗的钱让警察追回来的消息在山村不胫而走，在家的村民都聚集到阿昌家。阿昌家终于飘出了久违的笑声。"真没想到啊，真没想到啊。"除了这一句，阿昌不知道还能说什么。他不知道接下来发生的事更让他没想到呢。

阿昌和老太婆商量了好久，也不知怎么向公安的同志表示谢意。有位村民出了个主意：拿出一点钱给他们，让他们自己买买香烟！阿昌高兴地去了，结果警察一分不收。另一位村民出了另一个主意：送点土特产，说是自家的。结果，阿昌带了五十斤板栗去又是一颗不少带回来。后来还是村支书出了个好点子："你们送面锦旗表谢意吧！"

"什么锦旗？不能吃不能用，他们会收吗？"

"你还不相信我吗？"

"不，不不。"阿昌说，"那我就去。上哪买呀？"

支书告诉了他地方。

可阿昌找到那里后，店主问他要写什么内容时，他又傻了。支书没和他说写什么内容呀。店主问清缘由后，说："你最想对警察

开心无价

说什么？"

"谢谢啊。"

"不能只写谢谢呀。"

"他们是好人啊。"

"不能只写好人呀。"

"这不能那不能，那你说什么就什么吧！反正我是用来表达谢意的。"

这下为难了店主。左思右想，店主说："给你来个特别的，啥字都不写。"

"那行不？"

"你放心好了。"说完立即动手做了起来。

当阿昌接过锦旗一看，笑了，说："好，好。"高兴地付了钱，拿着锦旗跑到派出所，找到那两位警察同志，就要把锦旗给他们。他俩为难了，说："你还是交给我们所长吧。"

当所长看到锦旗后，也哈哈大笑，说："好吧，我们收下了。"

原来锦旗的正中只绣着一只跷起大拇指的拳头！

四

让阿昌真想不到的事，果然在他送了锦旗后的第二天开始，接连发生了：

县里报社送来了读者捐献的一万二千元；

县慈善总会送来了三万元；

一位企业家到阿昌家看了后说，小磊的手术费他一人出了。阿昌和老太婆再也忍不住了，拉过孙子一下子就跪在那老板面前。

……

村里的人都说，老实人阿昌家交大运了！

就在阿昌一家人准备送孙子小磊住院做手术时，一个震撼全球的不幸消息在广播、电视、报纸、网络全面且迅速传开：5月12日，四川汶川发生八级大地震。

小磊天天在看电视。阿昌和老伴也盯着电视。

"幸亏没卖电视啊。"阿昌心想。

首批救援部队到灾区了；国务院总理到灾区了；自发救援人员到灾区了；中共中央总书记到灾区了；各国义务救援队到灾区了……

余震不断发生，伤亡人数不断上升……

当两老看到这一幕幕惨景时，不禁惊呆了，不禁为受难的人叹息。当小磊看到那位临死的母亲用身体保护自己的孩子并在手机里写下一则没来得及发出的短信时，小磊号啕大哭，任凭爷爷奶奶怎么劝都没用。

后来电视上播出了各地纷纷捐款的消息，小磊跟爷爷奶奶说："我们也给他们捐些钱吧？"

阿昌立即说："傻孙子呀，我们是心有余而力不足呀。我们自己还是全靠好心人在救命啊！"

奶奶也说："你想想，你医病要花那么多钱，你读书还要钱。我和你爷爷年纪大了，你将来还不知道怎么过呢！现在跟你说这你也不懂。反正我们没钱可给他们的啊！"

"不！"小磊坚决地说，"你们不给，我不去治病了。"

"是你要命还是我们要命啊？"阿昌发火了。

"妈妈，呜呜——妈妈——"小磊大哭起来，"你们前几天都说不知道怎么感谢这么多好心人。你们大人还不懂吗？如果没有这

开心无价

么多好心人帮我们，我们哪有这么多钱？"

"你，你……"阿昌被孙子呛得说不出话。他怎么也想不通一个七岁的小孩竟然会说出这种大人的话来！

他奶奶急忙拉过小磊的手，说："别哭别哭，再说好了。你看，又救出一个了呢！"小磊一抹眼，看电视，画面里正爆发出一阵掌声。

晚上小磊入睡后，两位老人都辗转反侧。阿昌说："老太婆啊，这小孙子说得也有道理啊，你说咋办？"

"哎，我们现在是多一分好一分呀。你想想，我们都六七十岁的人了，还能活几年？小磊没爹没娘的，现在只七岁人……"老伴说着说着又哭泣起来。

"啊呀，哭什么，别吵醒小磊哦。"阿昌警告说，"你想想看，那边的人，有的全家一下子全没了，有的只留下一个人。他们真比我们还惨呢。孙子说得也对，我们要不是有警察同志帮我们追回钱，要不是有那么多不相识的好心人帮助，我们现在也不知怎么办呢。"

老伴默不作声。过了一会儿，她说："由你定吧。"

"好，明天我带小磊一起去，给多少由他说吧。别看我们的孙子还只七岁人，他比十七岁、二十七岁的人还懂事呢！"

那一晚，是阿昌失去儿子以来睡得最踏实的一夜。

最 后 六 天

"我认识您,您不是某单位领导吗?我就在您的单位边上工作的呢。"我说。为了对站在我面前的这位似曾熟悉的人表示尊敬,我特地咬文嚼字地用"您"而不是"你"。

"我是这里的主任医师。"这人面无表情地说,"我知道你也是一名共产党员,你要有坚强的意志,你要有坚定的信心,你要有顽强的毅力,你要有必要的心理准备……"

我忽然间对这人的婆婆妈妈有点不耐烦起来,对他说:"来个痛快点的吧,直说了,我还有几天(可活)?"我好像是来看病的。

"六天!"他果然爽快地告诉了我,"回去准备准备吧,可怜的孩子。"

我呆了。我没想到自己病情会这么严重。猛然间,我觉得生命是格外的珍贵。

我不知道自己是怎么回到家里的。

我在想着如何度过这生命中最后的六天。

第一天,我回乡下老家看望了父母。

我觉得在人的一生里,父母永远是应该放在第一位的。没有父

开心无价

母何来此身？

我到老家时，父母正好都在。

"妈，爸，我……我……"我哽咽地说不出话。

"咋啦？咋啦？有话慢慢说呀。"父母关切地说。

"我……我只……"哎，我不能说我只有六天可以活啦，"我只想来和你们说说话，我只要你们健康快乐。"

"哦，好，好。"父母很高兴，拉过一条凳子让我坐下。

已记不清自己和父母具体说了些什么话，好像为自己对父母照顾不周、对父母没尽到做儿子的责任向父母道歉了，特别是有一次自己曾无理向父亲发火。父母很谅解我。父母对儿女的心胸总是那么宽阔，那么让人感动。

最后父母要留我吃饭，我答应了。我已不记得有多久没和父母一起吃了。就在母亲起身去做饭时，我突然对母亲说："让我去做饭吧。"我从母亲的眼里发现了一种从没有过的惊喜。

我一边做饭一边心里一直在后悔：小时候都是父母亲为我做饭、洗衣。长大成家后都是爱人为我做饭、洗衣。为什么我就没早点想到为他们做做饭、洗洗衣呢？如果有更长时间可活着，我应该要为父母多做几次饭的。

后悔的泪扑簌簌地滑进锅里。

第二天，我把时间留给了爱人。

我认为人的一生中，最重要的人除了父母，就数爱人了。因为男人一生中，一小半是和父母一起走过的，还有一大半是和爱人一起走过的。

女人也是人。女人的父母养她这么大，她和一个男人好了，就全身心跟了这个男人，这个男人有什么理由不疼她、爱她、保护她，和她相依为命走完一生？我是到死也弄不明白为什么世上会有那么多离婚的人。曾记得有一句台词："老婆是用来疼爱的。"尽管有人觉得肉麻，但从内心深处凭良心来说，我是觉得有道理的。

和老婆结婚几十年来，能整天厮守在一起的时间好像也不多。两人都有工作，我还贪玩，时不时叫几个朋友打牌搓麻、出门游玩，所以都是她和孩子在家的时间多。现在，在我最后的六天中，我还有什么理由不挤出一天时间和她在一起呢？

我的老婆啥都好，就是有一点不好。她说她和我一样要工作，劳动强度还比我强，凭什么家务活都得她干？为此，她做饭，就大多我来收拾碗筷。别的男人说我不是男人，还怕老婆？我自己倒觉得这不应该算是窝囊，女人说的不也有一定道理嘛。

现在面对老婆，我又无奈地流下了眼泪。我很抱歉地说："老婆，对不起了，我再也不能'你做饭我洗碗，你吹箫我按孔'了。"

"为什么？你怎么了？"她不解又焦急地问。

"你是我爱人，我不能隐瞒你。我只有五天时间可以活了……"

"啊？不，不要！"她突然发疯般地抱着我，生怕一松手我就会消失，"我宁可不要你洗碗，也不要你离开啊！"这些言行就像影视剧里一样，让我明白她是真的爱我，让我明白影视剧的确是来源于生活的。

"晚了，没办法了。"我颓废地说。

"你不是说过不会抛下我先走的吗？我们不是说好要么让我先走要么一起走的吗？你怎么能不遵守诺言，选择了一个我们从未设想过的结果呢？"她泪流满面。

"对不起了，不是我要选择这一结果，是我没法改变这一事实

开心无价

啊。其实我也不想呀，我多么愿意和你一直过着'种田织布、挑水浇园'的生活呀。可是，生活中有多少事是人算不如天算的哦。"

老婆哭了，哭得比我还厉害。

第三天，我和儿子整整待了一天。

儿子是我生命的延续。儿子是我的希望和将来。儿子是我的骄傲。

应该说这儿子的确不错。现在想来，自从孩子出生以来，我对他的要求就没低过。不会说话就想他背诵诗歌，不会走路就想他飞奔。文学超不过曹雪芹、施耐庵等人至少也要有唐宋八大家的功底；书画比不过达·芬奇、凡·高、毕加索、唐寅、吴昌硕，也应该和启功、沙孟海差不离；围棋比不过老聂、国际象棋比不过小谢，也要在省内、国内拿几个有名的大奖才行；还有在吹的、唱的、说的、跳的、弹的方面，咋说也得胜人一筹。上大学先不说去国外留学，起码也得进清华、北大吧。看央视上播的新疆那个小孩阿尔法，年纪比我儿子还小，唱得、跳得多潇洒。我又觉得他还不够争气，看他还要玩积木、还要做有趣的小实验，就气不打一处来。哎，谁怜天下父母心呐。

可现在，我和儿子说："老爸也对不起你呀。虽然时代在进步，可你的童年还不如我的童年有趣哦。虽然我的童年吃不饱、穿不暖，没有电动玩具，但也没有那么多的压力、那么多的烦恼呢！"儿子扑棱棱眨着眼睛，似懂非懂。"你今后就做你自己喜欢做的事吧，朝你自己的志向去努力。"我说，"老爸答应过带你去看海的，可能无法实现了。等你长大了，你和妈妈一起去吧，去看看大海有多宽、有多深。"

儿子一头雾水。

我没有和儿子说我将死去。

第四天，我找遍了曾经当过我领导的人。

工作三十多年了，调动的单位不算多，可当过我领导的人不算少。我想，在我将离去时，也应该向他们说说心里话了。现在咋说都不用担心不用怕了。

我逐一向每个领导说了在当时没有说或不敢说的话，向他们解释了当时的我为什么这么做、做得怎么样。除了两位领导外，其他领导在听完我的话后脸部表情是怎样的，我居然都看不清楚。一位领导在听完我当时为什么顶撞他的解释后，一脸的慈祥就像如来佛祖。另一位领导曾冤枉我、批评我，让我有话无处说，气得我想找他同归于尽。我以从未有过的胆大妄为的语言，以高他几级领导的口吻，责问他为什么我拼死拼活、默默无闻、卖命工作，到头来还是另一位啥都干不好、只会阿谀奉承、吹牛拍马的同事受到重用、得到提升？并用实例进行论证。他在听完我这番话后，一脸的汗颜就像红脸关公，支支吾吾老半天也说不出一句话来。而我说完之后，却感到了从未有过的轻松和坦荡。

第五天，我找了我的同事和朋友。

人生在世，在家靠父母，出门靠朋友。现在我知道明天就将和这个世界永别了，理应和我所有熟悉的人道个别，不能让他们说我没礼貌呀。但是因为同事和朋友较多，我记得好像没有全部找遍。

记不清和同事、朋友们说了些什么，应该是一些对我的关照表示感谢之类的话吧，我想。但是和其中三个同事的谈话我是记得很清楚的。

　　第一个是在背后说我贪污多少多少的同事。我和他坦白地说："当时我找过你，你坚决否认自己讲过那种话。现在我不管你是否还是否认，但我最后说一句，'我没有！'"

　　第二个是说我在外面有情人的同事。我知道当时他是开玩笑想让我的老婆和我吵一架，然后他找几个人来劝架可以混几口酒喝。幸亏我老婆没上当，他也没喝成。我就和他说："想喝酒就直说嘛，何必这样？这样的玩笑是开不得的，影响一个人一生的清白啊！"

　　第三个就是多次报销找我做证明人的同事。我多次发现他大沓大沓的发票中，明显有许多是属于不应该报销的。尽管我心里清楚，但当时想想他拿的又不是我个人的钱，何必与同事过不去呢？现在我明天就不在世了，我想应该说的还是要说。人之将死，其言也善。我劝他没必要这样，这属于一种贪污行为。古人说得好："君子爱财，取之有道。"而我好心说完这番话时，我分明看到他铁青着脸，满眼的恼怒。我晓得这位同事已将我的名字从"我的好友"移到"黑名单"行列中了。可我人都不在了，少个朋友多个敌人又有啥关系？我摇摇手里的破扇，疯疯癫癫地唱着歌自个儿走了——原来我竟是济公……

　　最后一天到了。想想自己该找的人都找了，该说的话都说了，再也没有什么牵挂了——就算有牵挂，又能怎么样呢？放得下也罢，放不下也罢，全得放下。一了百了。说真的，我是多想再活几天呀，不要歌里唱的"再活五百年"，五十年也心满意足了，五年也好，哪怕一天……哎，都是不可能的了。既然如此，就在离开前洗个澡，将人世间一切的污垢洗掉，清清爽爽回到幻境去吧。

我打开水龙头。热水像热泪一样哗哗哗地从头顶流下来。热泪像热水一样哗哗哗地从眼眶流下来。真的是热泪啊,不是热水。我还失声抽泣了。我是男人啊,一般是不会流泪的,更别说哭泣了。

从哭泣中醒来,竟然自己真的正在哭。一摸枕头上,湿了一块。我一骨碌起来跑到儿子房间,打开电灯,发现儿子正将露在被子外面的一条腿缩回温暖的被窝里。我又跑回自己的床上,爱人还在匀称呼吸、安详睡觉。

谢天谢地,原来只是一场噩梦。

我一把搂住爱人,热泪禁不住又一次婆娑而下……

清醒地活着真好!

开心无价

文 身

李琦讨厌文身。

每当她和爱人张文光上街看到那些身上文着各种图案的年轻人时，她不只一次表示了自己的厌恶。她总爱把文身的人与玩世不恭甚至与黑社会流氓联系起来。在她看来，常人是不会把各种图案刻到自己好端端的身体上去的，那不是自讨苦吃吗？

可她没想到，自己也会迈入文身店，要求文身。

李琦出生在一个小山村。七岁那年，刚上小学一年级，父亲患病去世了。不到两年，伤心过度的母亲也走了。李琦和年迈的奶奶相依为命。尽管政府及时将她家纳入了低保救助，但钱总如沙漠里的水一样稀缺。

上初中时，年迈的奶奶也睁着无限担忧的眼神走了。出殡的那天，没有鼓乐，没有仪式，只有几门近亲和村人。李琦手扶奶奶的灵柩哭喊："爷爷、奶奶、爹、娘，你们为什么都不管我啦？是我不乖吗？"

远在外省的小琦外公、外婆，当年因女儿非嫁小琦父亲而闹得不相往来，如今见外孙女孑然一人，便过来让小琦到他们那儿去。

谁知李琦犟得像头牛，就是不去，理由是：我爹娘在这里。

村民对小琦都十分关照，特别是张文光的父母，时常让年长小琦三岁的文光像照顾妹妹一样照顾她，而又注意方式方法，从不让李琦觉得他们是在可怜她、施舍她。懂事、乖巧的李琦也"张叔""张婶""文光哥"叫得甜。

李琦上高中后，张文光高考未中，他本想再复读的，想想还是去找工作做。从此，张文光挣的钱，大都给了李琦。文光壮实的躯体、踏实勤劳的性格，渐渐让李琦的心里有了异样的感觉。而李琦也是女大十八变，文光越看越喜欢。几天不见，总要找个借口过来，哪怕只是对视一眼。文光每次来看她、顺便捎带些零用钱和生活用品时，原先那种纯真无邪、无所不谈的感觉，渐渐没了。两人目光相遇，心中的小鹿就撞个不停。刚分别，又都期待下次的见面。他们心里都清楚，但谁也没有点破。有一回，李琦的同学指着张文光远去的背景问："他谁呀？"李琦说："我哥。"同学说："你哥你脸红啥？"

李琦高中毕业后也没能考上大学。文光要她复读再考。李琦却坚决不读，认为生活的道路不是上大学一条，可以先自立，再自强。

从饭店服务员到小店营业员再到超市理货员……工资不高又辛苦不说，还要受冤枉气，她便想自己创业。张文光拿出仅有积蓄，加上李琦自己再贷了一笔款，盘下了一家服装店。

服装店开张的那天，张文光正式向李琦求婚。李琦虽说心里早已认定，但此刻还是满脸绯红。她一边幸福地接受了，一边告诉他："咱先不结婚，等有了坚实的经济基础再结婚。"

服装店经营了两三年，生意不温不火，攒不下几个钱。正在考

开心无价

虑转行时，张文光一位在京经营服装的亲戚急需帮手。张文光便与李琦两人同时去了北京。五年后，他们在亲戚的帮助下，另起炉灶，成立了一家服装公司。

中西结合的婚礼在家乡一处庄园的草坪上隆重举行。此时的李琦，只觉得自己是天下最幸福的人了。三天后，两人去了李琦的父母和爷爷、奶奶的坟前。李琦告诉父母和爷爷、奶奶她成家了。文光也郑重地向长眠地下的岳父母保证，今生会好好疼她、爱她，也希望他们在天有灵，保佑他俩生意兴隆、幸福美满。

都说公司的老总最忙，但张文光总会挤时间陪李琦，特别是李琦怀孕后，他便像伺候皇后似的宠着她，绝无公司老总的做派。

十多年说不尽恩爱的幸福时光，其间他们有了健康活泼的儿子。

李琦说："老天将原来剥夺去的我的幸福，现在加倍还我了。"

文光说："最幸福的是我啊，妻子、儿子、房子、车子、票子，都'五子登科'了。"

如果生活就这么一直下去，该多好啊！

那是2015年夏，是公司业务淡季。李琦提出去长江三峡游玩。张文光如接圣旨，立即安排好工作，把儿子交给父母，和李琦一起先到南京游玩，再乘"东方之星"游轮从南京赴重庆，逆流而上观看沿江风景，计划在重庆谈笔生意再飞回北京。

李琦清楚地记得，那天是六一儿童节，他们傍晚打电话给儿子答应回来补过节日。晚上九点多，她和文光在甲板上迎着习习凉风依偎在一起。毫无征兆地，突然狂风大作、暴雨倾盆。他俩急往舱里跑，一个趔趄，文光发现船体倾斜，大叫一声："不好，快跳！"一手从船边护栏扯了个救生圈，一手拉着李琦跨过护栏，一起跳入江中。

仅几分钟时间,一艘近百米长、四层船舱、载有四五百人的游轮,瞬间被狂风掀翻。

文光的手死死拉住李琦,大声对她喊:"把救生圈套在双腋下,横向游!"

一只救生圈,无法承受两人的重量。文光喊道:"我会游泳,别管我!"他一边奋力游,一边用力推着李琦。

几个巨浪压过来。等李琦再次呼喊文光的名字时,已再也听不到熟悉的声音了。又一个巨浪,李琦也失去了知觉……

李琦醒来时,已是第二天的中午,躺在病床上。她第一句话就是:"我老公呢?快救救我老公……"

公公、婆婆和儿子也来了,大家抱团痛哭。

张文光的遗体直到第三天才找到。李琦听到噩耗,又晕了过去。

自从抱过老公的骨灰那刻起,李琦就没再放手过。她一直喃喃自责:"是我害了你,是我害了你……"

回家。入土。李琦一直神情恍惚,有一次甚至想追着文光而去,幸被婆婆及时发现。公公、婆婆忍着悲痛说:"琦琦呀,你不能这样啊。白发人送黑发人的痛不比你轻呀。我们没了儿子,不能再失去你啊。小宝需要你,公司需要你,我们需要你。如果能换得回文光的生命,还用得着你来吗?"

李琦放声痛哭,哭得昏天黑地。

张文光出殡七七四十九天后,李琦和儿子、公公、婆婆一起回北京。

细心的婆婆发现李琦仍常常抱着文光的相片不放,身上还藏着

开心无价

一个小指大小的瓶子。原来李琦暗中藏了一小瓶文光的骨灰。

小瓶被婆婆发现后,李琦觉得不便再随身携带了。想了好久,都没个好办法。直到有一天她在街上看到文身,她突然灵光一闪。

第一回,文身师听到她的要求,立即把头摇得像拨浪鼓似的。

第二回,文身师仍未答应。

第三回,李琦讲了自己的遭遇。文身师被感动了,说:"文在胸口是最疼的部位之一,你忍得了吗?"

李琦说:"我还有什么疼不能忍?"

文身师说:"那好吧,你先将材料给我们,需要做特殊处理后才行。"

当代表张文光的 ZWG 三个字母文好时,李琦已泪流满面。

文身师说:"疼吗?"

李琦摇头说:"不疼。谢谢您了却了我的心愿。"

迈出店门口时,李琦双手捂着胸口,轻轻地说:"文光,咱们回家,咱们再也不分开了……"

风 云 际 会

周华小不愿签协议，这是工作组和村干部都始料不及的。这一户如果不签，就无法百分之百完成这个村的水库移民安置补偿协议书签字任务。

据上门做了五次动员工作的同志反馈，周华小是愿签的，向来娴静、顺从的妻子王小云却不知怎么回事，情绪激动，反复无常，前脚答应签后脚又反悔不愿签了，甚至向老实巴交的华小发出"未经同意签约就离婚"的最后通牒。

只有身为工作组成员的张晓风心里揣摩得出，王小云不愿签字的原因，很大可能就是因为自己。他向工作组组长要了该户的协议书，以不能确定的口吻说："让我再去试试看。"

这是张晓风第二次去王小云家。从村部到她家只有五百米远，但晓风觉得很长，仿佛需要花近四十年的时间。

张晓风和王小云是高中同班同学。没有惊天动地的事件，也没有英雄救美的巧合，两人却不知不觉互有好感直至相爱。高二放寒假前，两人爬到学校边一座小山上幽会。小云说冷，晓风便紧拥着她。他在她耳边轻声说："你身上有香味，你是小香云啊。"小云羞红了脸，妩媚地说："'小香云'专用称呼只有你可以叫，别人我

开心无价

不许他叫。"他忍不住要去吻她,她却笑着扭头躲开了,说:"为什么你要叫风而我却刚好叫云呢?不是常说'风吹云散'吗?我们会不会……"不等她说完,晓风笑着说道:"云有风才是活的呢,没风就'死'了。"

可寒假结束后,小云却没有再来学校上课。失魂落魄的晓风在开学后的第三个周末,再也坐不住了,便借了辆自行车独自一人找向小云家去。

他记得小云说过家在某公社某大队某生产队,上有一哥下有一弟。晓风第一次听说这个地名,哪知道所在呢?所以只好一路问讯。到了山脚一个村寄放了自行车,又爬了十余里山路,才到了目的地。他向一位农民伯伯打听到小云家位置,好不容易找到了,却没见到小云,只见破旧的泥墙木楼房门口还贴着大红的对联和喜字,散发着一种吝啬的喜庆气氛。她家人问晓风是谁,他刚说出自己的名字,不料她的家人竟不由分说,拿起木棍边追打边叫道:"小子你上门找死啊?哪来的死回哪去!别让我们再看到你……"直把晓风撵出村庄老远。

晓风哭了,他不明白小云家人为什么不问青红皂白追打他,不明白是小云结婚还是她大哥结婚。因为这个小山村里没有别的同学,他和她的恋情又是隐蔽的,此后的晓风竟然再也没有获得过有关小云的丝毫信息,仿佛她在人间蒸发了一般。

原本学习成绩排前的晓风,高考时毫无悬念地名落孙山了,复读了一年后,才勉强考个了专科。

专科毕业、分配工作、恋爱结婚、喜添贵子、迁官升位,晓风的生活在一个未曾设想过的全新的轨道上平稳向前推进。

但他做梦也没想到,在他即将退休之际,竟然让他在这从未来过的小山村里，邂逅了消失近四十年的她。他觉得这是天意在冥冥之中做了安排。试想，如果市里这一水库选址不在本县，如果本县选址不在此地，如果县里不抽调各单位副科级以上领导干部成立水库移民"百日攻坚"工作组，如果自己不是副科级干部，如果单位三位副科干部中不选定自己，如果自己所在的工作组不驻这个村……这么多的"如果"，只要有一个成立，那自己就不会再见到曾经刻骨铭心的小香云，也许这辈子都不会再重逢了，就如天上的云，散了，谁知道去哪了呢？

　　两个月前，晓风随工作组其他同志一起进驻时，他还不知道王小云嫁在这个村。在第一阶段"入户走访征求意见、核对实物丈量数据"情况汇总时，他看到了"王小云"这一陌生而又熟悉的名字，但仍不能确认这朵云是否就是近四十年前突然在自己身边消失的那一朵，或许是同姓名的另一个人呢。他不经意似的问村党支部书记这个王小云是哪里人，支书笑笑说：她啊，是"牵牛亲"从某乡牵来的。晓风知道所谓"牵牛亲"，就是两户人家将女儿互换当儿媳妇。也就是说，周华小的姊妹嫁给了王小云的哥，王小云必须嫁给周华小。只要有一人不同意，亲就做不成。在以前，山里人家因为贫困，拿不出聘礼、置不起嫁妆，"牵牛亲"也就不少，一来双方省了聘礼、嫁妆，二来亲上加亲。

　　真是"踏破铁鞋无觅处，得来全不费工夫"。晓风脸上平静，内心却狂跳不止：原来她真的就是自己的小香云！

　　晓风问清周华小家的位置，便一个人去了。

　　跨进敞开的房门，晓风看见一位中年妇女背对门口正拿脸盆弯腰挑选要洗的衣服。晓风轻轻地说："小香云，你是小香云吗？"

　　那女人仿佛被强大的电流击中，刹那惊呆了，脸盆"哐当"一下，掉在地上。

"晓风？"她的声音仿佛从无底的深渊中冒上来。

"晓风，真的是你！"她转过身来，一脸的惊诧和惊喜。但对视片刻，渐渐地，惊喜和惊诧消失了，她漠然问："你来干什么？"

晓风说："我是水库移民工作组的。天意啊天意，让我在这里找到你……"

不等他说完，小云说："找到又如何？都快四十年了，我不想再见你了，你走吧……"

晓风还想说什么，小云猛然将晓风往门外推："你走，你走啊……"然后狠狠地关上门。

晓风莫名地站在门外："小香云，你怎样能这样？"

"那你想要我哪样？没风的云早已死了，早已死了……"她在门里哭着说。

晓风呆立了一会儿，怏怏回到村部。

而王小云自此后也变了个人似的，不让工作组的人进门，一谈到水库移民就激动。当全村开始签订移民协议后，她就是不同意签，问她原因，她说没有原因。

晓风第二次见小云是在村里路上。小云刚好去自留地摘菜回来，晓风截住她说："听说你不愿意签字？水库移民是千载难逢的机遇，也是政府决定做的事……"

小云把头扭向一边，不看晓风，说："不用你说！签不签是我的事。"

"为什么？是补偿不满意还是什么，总得有个原因吧？"

"为什么？因为我恨你！若不是你，可能我早签了！"

晓风愣了："你恨我？为什么？我还没说恨你呢！"

"谁不让你恨了？"小云从他身边头也不回地走了。

"你讲点道理好不好？你若不想见我，就当我没来过行吧？"晓风望着她的背影说。

小云没再搭理他。

解铃还须系铃人。晓风决定再次上门。

仿佛走了近四十年，晓风才第二次来到华小家。华小刚好在家。

晓风问："小云呢？"

华小用头往后门口示意了一下说："去洗衣服去了。"

"我再去谈谈。"

华小憨厚一笑："辛苦你了。"随后打开后门。

晓风示意华小别喊也别跟着，独自一人出了后门，沿台阶下到一片开阔的溪滩，远远地，就见小云蹲在溪边。

九月的夕阳温柔地将一片金光洒在这片宁静的溪滩上。不久的将来，这里就会成为碧波荡漾的国家级大Ⅱ水库库底。

走近小云身边，晓风深呼吸了一下，尽量用平静的语气说："小……小云，我们能不能好好谈谈？"他不敢再叫"小香云"了。

小云直了一下腰，坐在一块卵石上，回头看了一眼晓风，转回去看着哗哗流动的溪水，说："别让我见到你或让你找到我，不是很好吗？三十多年过去了，再过个三十多年也就结束了……"她将手中的衣服狠狠地摔到脚边溪水里，溅起一片水花，又说，"为什么老天又要让你来这里呢？！"

晓风在离她一丈远的地方，找了块稍大的河卵石坐了下来，望着她说："既然天意难违，只能勇敢面对！"

顿了会儿，晓风先打破沉默，轻声道："三十多年，近四十年了，你是怎么过来的？那年寒假后，不见你来上课，我找到你家，却被你家人用棍棒撵了出来……"

"什么？你去过我家？他们打你？"小云吃惊地睁大了眼睛。

往事不提则罢，一提比河水还多。小云沉入了往事。

小云告诉晓风："那年寒假回家，我父母早已计划好将我许给周华小，以便我哥能娶周华小的姐。我不同意，父母就将我关了起来。我告诉家人心里爱的是你。父母、兄弟、亲戚、朋友轮番劝说，说若是我不答应就去找你的麻烦。到最后父母竟以死相逼……好在华小待我还好，我也就认命了。"

"你为什么不写信给我？"晓风问。

"有用吗？你能改变得了我的命运吗？你有姊妹可以嫁给我哥吗？她不愿意你会逼她吗？"小云潸然泪下，"我心已死，只求今生不再见你……"

"你为什么恨我？我做错了什么？"晓风说。

"我也说不清楚。我既希望你一直在找我，又害怕你找到我。你不该找到我。"小云喃喃道。

"我说了，这是天意。"晓风说，"这么多次同学会，你一次也不参加，也没同学知道你去哪了。我是一直在找你，我以为你见到我会高兴，没想……对不起。"

晓风说："过去的那份真情我会珍藏心底，现在我们各自都有家庭，我们都要对这份家庭负责。从华小待你不错这一点来看，说明你父母当年也是慎重考虑、认真挑选过的。你的女儿都已成家，儿子马上大学毕业了。这回水库移民，你们又可以搬到集镇区住新房。今后的日子会越来越好的。明天是周末，我把爱人接过来介绍给你们认识,今后,我们像亲戚一样来往,好吗?"

小云想了一下,说:"要想今后再相见,你必须答应我一个要求:不准再叫'小香云'。从今往后,再无'小香云'。"

晓风怔了一下,郑重地说:"好。叫你小云或妹子总可以吧?"

小云笑了,笑起来依然那么动人。她说:"拿来吧。"

"什么?"晓风一下子没反应过来。

"协议呀,去家里让华小签了吧。"

夕阳下,一溪清澈的河水欢快地流向远方……

开心无价

撒 手 锏

一

丁平和的办公桌靠右边的最底层一格抽屉里,放着一副围棋、一副象棋。

也许是围棋和象棋是中华民族源远流长的国粹之故,也许是这个局的局长象棋、围棋都喜欢下的缘故,局里大部分人,不是会下象棋,就是会下围棋。像丁平和这样象棋、围棋都会下的人,也有好几个。只是他们的水平远没有局长高,更没有丁平和高。

但奇怪的是,自从丁平和到这个单位工作后,大家都喜欢和他对弈。上下班前后、晚上,乃至休息日,丁平和都是被局里同事热情邀请对弈的对象。同事们都有这种感觉:邀局长下棋,不是局长没功夫,就是自己走得束手束脚,发挥不出自己的水平。但与小丁下棋,就完全不同。邀之随便,应得爽快,下得淋漓,就是站在一旁观棋者,也常是目不转睛,寸步不移,看得比自个儿在下还有兴趣。经常是谁都感觉小丁的水平与自己不差上下,或胜或负,常在细微处,只要自己再小心一些,就有可能赢棋。

这一天,市局局长带了三五个人来到小丁的局里检查工作。工作结束后,市局的局长便和蔼可亲地对小丁说:"我早就听说你围棋象棋都十分了得,来一盘如何?"

小丁也早已从同事的嘴中得知市局局长象棋、围棋都是十分拿手的,而且听说自己的局长的棋趣也是这位市局局长"培养"起来的。市局局长难得来一趟,局长每次都是自己陪市局局长下的,下得常是谨小慎微,小媳妇似的,这回有了丁和平,便把他推了出来,自己乐得来个"坐山观虎斗"。

市局局长对平和说时,丁平和用眼角余光瞟了一下自己的局长,心里估摸了一下时间,一边谦虚而恭敬地说:"哪里哪里,玩玩而已。局长既然有雅兴,我就助助兴,请局长多指教几招。不知局长是下围棋呢还是下象棋?"

二

丁平和学象棋比围棋要早得多。

丁平和的父亲是农村里一位象棋迷。村里与他父亲一般年纪的人有空便找上门来下棋。丁平和的母亲开始不好意思反对别人来自家下棋,但时间一长,见自己的男人家里杂事大小不管,田里活干完了就只知道下棋,便有了意见。有邻舍在场她不好发火,等人一散,她就把棋子扔得老远。丁平和的父亲只是捡了回来,也不与她顶嘴。小丁的母亲火气一次比一次大,终于有一回,她将象棋塞进灶膛里烧了。小丁的父亲便与她大吵了一架。之后,他又用省下的三包烟钱买了一副新的,并且每次走完后都会藏起来,警告妻子再烧就不客气了。小丁的母亲想想他田间的活儿一点不落,唯一的爱好也不能全给剥夺了,于是做了让步,只要求他少走几次。

丁平和与比他大三岁的哥哥站在他父亲边上观战时间一长,也

开心无价

渐渐会走了。但他们不敢去碰一下父亲那副命根子似的象棋,自己又没钱买,于是哥俩便找来三十二只汽水瓶盖,用纸糊了,写上字,画了棋盘,练了起来。但不久便又不满足于这副蹩脚的棋子了,于是就想方设法接近父亲的那副象棋。

有一天,哥俩发现父亲那张棋盘纸破碎不堪了,便暗地拿来用自己的一张试卷纸,小心地黏贴好,又用直尺仔仔细细地描上了线路。这一马屁拍得父亲很开心,于是父亲便教他俩下象棋。父亲很快发现,丁平和很有灵性,比老大要强得多。

丁平和象棋水平突飞猛进的时期是在他初三毕业那年。

那年夏天要放暑假前,有一天下午放学后,他正往家里走,天忽然下起雨来。路过县城车站门口时,他发现有个白须飘然的老者在雨中与一位撑着伞摆象棋摊的中年人在街边下棋。别人避雨都来不及而这两人却疯子似的在雨中下棋。这个场景吸引了他。他跑过去用自己的伞为老人撑雨,老人浑然无知,面对残局长考片刻后,便有条不紊、不慌不忙地举棋落子。一着扣一着,对弈十余招,那中年推枰认输,取钱给老者。老人哈哈而笑,说:"你与我对上十余招,这钱我就不要了。"这时他才发现丁平和为他撑伞并盯着残局发呆。老人很感激这位小娃子为自己挡雨,见他对棋局这般着迷,便问道:"你也会?"

老人请小丁送他到一家旅店,小丁很尊重地送他到店里。当他转身要回家时,老人叫住了他,让他到房间里来下一盘。小丁的棋瘾便蹿了上来,看看天色尚早,便放下伞和书包,与老人你一招我一招走了起来。半局下来,老人便看出小丁是棵苗子,见他为人忠厚,懂礼尊老,内心很是喜欢,已有意要教他。一盘下来,小丁发现天已大黑了。老者说:"你我有缘,我愿教你下棋,你肯学肯吃苦吗?"

机灵的小丁喜出望外,立即拜认了师父。师徒两人草草扒了几口饭,便在棋枰上厮杀起来。每一局结束,师傅又复盘讲解给小丁听。直到半夜时分,丁平和脑袋有些发涨,睡意阵阵袭来,老人便叫暂息。临睡前,老人要小丁对天发誓:师父的话一定牢记于心,今生不忘。小丁问师父什么话,老人要他先发个誓。于是丁平和很严肃地对天发了誓。发了誓,师父却又催他睡觉,不再与他说话。

转天醒来,小丁发现师父已不在了,桌上留着一副象棋,棋盒下压着一本书。小丁揉了一下眼睛,却是一本古书《梅花秘谱》。书中夹着一张纸条。上写:

　　天赐机缘,收汝为徒。棋为身外物,胜败乃常事。师父引入门,修行在自身。日夜揣摩,玄机可悉。熟记秘谱,牢念师言:
　　一、读背秘谱,举一反三。月后奉还,不可泄漏。切记。
　　二、观局熟思,举子则定,绝不悔子,做人亦然。慎之。
　　三、与人对弈,娱乐自得,胜败相当,情谊长存。切忌争胜好斗。
　　四、棋胜者败,胜棋者胜,悉其玄奥,方为上人。

丁平和半懂不懂。唯最后一句他明白了:对天发誓,终生不忘。违誓言者,即非师徒。

丁平和知道这就是师父要他对天发誓后要告诉他的话。他半晌

开心无价

说不出话。打开古书一看:"……疏发纲维,秩然洞澈,甘苦能道,舒卷住心。自古名家,未必相胜。一枰万机,变化无尽,运用之妙,存乎一心。明其当然,玄符在身,不变应变,胜负乃见……"

他往下翻几页,书中尽是棋谱和着法。他默默地将棋和秘谱放入书包,提起伞,顿了下,便神情肃然退出了房门。

此后,丁平和日读夜思,默背秘谱,渐渐发觉,象棋中竟有如此深奥玄机潜藏。每打谱一次,犹如剥落一层笋壳,又见一层新意。放了暑假,他便借口补课,找个偏僻之所,天天打谱揣摩棋理奥秘。一月将满,他也将这本近百页秘谱九九八十一局棋局完全复盘出来了。满月这天,他背着书包等候在原来那家旅店,师父如约前来。丁平和喜出望外。师父说:"你能遵守诺言,我没看错人。来,我们再走一盘。"

一盘下来,师父欣慰地说:"你进步很快,以后仍要天天熟背棋谱,并要举一反三,不出一年,便可望达到小县屈指可数之棋力。如此以往,长年累月,棋力无穷。"平和向师父问了一些自己不理解的词句,师父做了白话解释。分手时,老人再次吩咐道:"第一,不准对任何人说出秘谱,也不准对任何人说你的师父。第二,淡泊名利,不要参加任何大小棋赛,与人对弈,以礼为重,以谊为先。不要胜局太多。"

三

丁平和学走围棋却是在读大学的时候。那时他的象棋棋力,在小县城里,已无几人能在其上,只是他绝少与人下棋,常是自己一人打谱背谱。有时父亲要与他对弈,他往往是可以轻易取胜,但想起师父的话,便常将棋局走得不差上下,水来土挡,兵来将挡,到了最后，不是杀和便是让父亲以微弱优势取胜或自己以微弱优势胜父亲。父亲惊呼小子棋艺大有提高，同时，又觉得儿子胜得也是勉强的，便要再来一局。这时，平和往往又让父亲取胜，但又让父亲觉得胜得也有点吃力了。

一到大学，尽管走象棋的同学也不少，但更多的人是下围棋、打扑克。那时，全国上下，尤其是他所在的大学，掀起了一股围棋热，原因是：棋圣聂卫平在第三届中日围棋擂台赛上，一个人杀败了日方五员大将，将比分从 2∶7 的落后局面扳回到 7∶7 平局，请出了日方擂主，并最后击败了日方，为国争了光。于是乎，校园上下，噼噼啪啪的围棋落子声不绝于耳，围棋培训班更是生意兴隆。

促使丁平和钻研围棋倒也不是聂卫平效应引起。机灵的丁平和想到围棋也是源于中国的一项古老而又奥妙无穷的娱乐，和象棋一样备受国人的喜爱，想到老聂还能凭这几颗黑白子儿为国争光，引得举国上下欢呼雷动，觉得是也应该钻研一番。但促使他毅然停下象棋一门心思钻进围棋，倒是一次他与同学走象棋引起的争吵。

那是一个下午吃晚饭前，对门寝室一位同班同学拉丁平和来几盘。论象棋棋力，整个大学里也许已没几人能胜得过丁平和了，但丁平和平时常是一人躲在床铺上打谱，自得其乐。偏偏这个同学口出狂言，定说要让丁平和输得心服口服。丁平和见他这么狂，心里有气，有意要压压他的气焰，便摆上棋子与他对弈。第一盘，只用三十余着，便将对方将死了。那位同学很是不服，说是中了丁平和的陷阱，要再来一盘。第二盘刚开始不久，吃饭铃便响了。双方约定后，跑到食堂打了饭边吃边回到寝室，双方都盯着棋局边咀嚼边想招数。那个同学一连悔了两次，丁平和都没说什么。到了最后，眼看"将"又要陷入死境，对方又要悔棋。丁平和不肯让他再悔了,说:"凡事可一可再,岂可再三再四?落子便是生根,悔了两次已是重开两局了……"不等说完,对方红着脸粗着脖子便与丁平和吵了起来,越争火气越大,一激动,便将手中还没吃完饭的盘子往丁平和砸去,刚一伸手又觉得不妥,便急忙往棋枰上砸去,但手已伸出,用力难控,一盘子的残羹冷炙全溅在丁平和的衣服上。

尽管后来这位同学多次向丁平和赔礼道歉,但丁平和从此后就再也没有与他下象棋了,也很少与其他人同学下象棋。他冷静下来后,想起自己师父"与人对弈,以礼为重,以谊为先,不可胜局太多"的吩咐来,忽而明白"棋乃身外物,胜败乃常事""胜败相当,情谊长存"所指的意思了。他想若是第二盘让那同学胜或再让他悔棋,也许就不会出现残饭溅衣的难堪局面了。此时他才隐约有点理解了师父留言上最难理解的那句话:"棋胜者败,胜棋者胜。悉其玄奥,方为上人。"他后悔自己当时怎么就这么好胜呢?

从此后,他便一头钻进围棋这一黑白新天地里,又是培训班上课又是图书馆借棋书,又是打谱又是背书《棋经》,就像他几年前学象棋一般不要命地钻进去。从最基本的"金角银边草肚皮"开始,从"立""夹""扳""枊""断""挖""扑""点""尖""顶""征""渡"等基本吃子技术下手,逐步熟练地掌握了"伸气""促气""不入子""弃子""平筋",然后再找名家对局打谱揣摩,常是按谱打下一二粒子,便要思考一番。

说句公道话,丁平和学围棋的时间远比学象棋要长,也比学象棋刻苦得多,以至于到了大学三年级期末考时,竟有一门功课亮起了红灯。但当他补考及格后,他又走火入魔般地扑到围棋中去了,又是古谱又是新局,搅得日子是天昏地暗、黑白难分。晚上躺在床上盯着蚊帐帐顶,他也能看出横竖各十九线的棋盘来。偶尔一两只苍蝇或蚊子停着,他也看成是黑子了,如此心无他物。等到他大学毕业前夕,他已凭自己少有的领悟和聪慧,击败全校围棋高手,参加了全省围棋赛,在赛场上,他以微弱优势击败了一名七段棋手。尽管胜得有点吃力,但他仍为自己在短短四年时间里所达到的棋力而欣喜。

丁平和围棋水平飞速提高除了他自身刻苦、悟性非凡之外,实在是得益于他的象棋棋力超群,尤其是师父给他看了一月而影响了他一生的那本古《梅花秘谱》。在大三上半学期的一次借书时,他偶然借到了图书馆中珍藏的一本围棋古谱《忘忧清乐集》,其中有篇·《烂柯经》。大凡下围棋者皆知《烂柯经》的典故却无法一睹经文。这《烂柯经》对于围棋犹如《圣经》之于基督教一般。神话传说:晋代有个叫王质的樵夫入山打柴,遇见两仙人下围棋。王质吃了仙人给他的一枚枣核,肚子便不觉饥饿,站在一旁观棋。一局棋终,王质的斧柄已烂,恍惚间,人间已过了百年。这经文也正是仙人对弈所概括出的经验之说。丁平和凝神定气,一口气读完经文,又读第二篇,后来干脆偷偷跑出去花了一笔钱,将整本书全部复印下来,这才捧着"新书"傻乎乎地钻进自己的上床铺,自得其乐起来,仿佛今天是发了一笔横财。

"博弈之道,贵乎严谨。高者在腹,中者在边,下者在角,此棋家之常法。法曰:'宁输一子,不失一先。击左则视右,攻后则瞻前。有先而后,有后而先……善胜者不争,善陈者不战;善战者不败,善败者不乱。夫棋始以正合,终以奇胜……'"

同学们发现丁平和"走火入魔"了。除了上课,便是躲在床铺或空教室里,不是打谱便是摇头晃脑,叽里咕噜,口中念念有词。甚至有位同学有一次坐在丁平和旁边听课,却发现他在摘记本中用

开心无价

红蓝两色圆珠笔下着围棋！难怪这年期末考竟有一门功课亮起红灯来了。

有个晚上丁平和寝室的同学们都去看电影了。他打开抽屉想拿围棋练谱，忽而看见象棋。想起这一段时间很久未温习象棋了，便临时改变主意取了象棋复出古谱中的一局演绎，而脑里、耳畔却不时地响起《烂柯经》的句子："宁输一子，不失一先……有先而后，有后而先……"他猛然一惊：这不也正是象棋棋理吗！他想起了师父给他讲解的："局势者，象棋之中心。先后手者，局势之灵魂。先手为主动，制人而不制于人；后手为被动，制于人而不能制人。先手为活句，攻守兼备，一着不作一着用；后手为死句，攻守偏至，一着只作一着用。对弈之际，无论为动、为静、为进、为退、为取、为舍、为攻、为守，均争先手尔。失先即趋败局，失子未必即败。而先后辩证，或能互换。有先中先者，有先中后者，有后中先者，有后中后者……"

丁平和想：莫非棋理可通，技巧可参乎？他急忙取出围棋展开棋枰，凝神深思，猛然惊醒：怎么早未想到这呢！他发现：表面上，围棋越走棋子越密，象棋越走棋子越稀，是截然相反的，但事实上，棋理无二。围棋全局分布局、中局、官子，象棋全局亦分布局、中局、残局。围棋愈至局尾可走之地愈狭，象棋愈至残局可调动之子愈少。至于作战之理，更是相通。如先后手之说，如"击左则视右，攻后则瞻前"之韬略，无不同理。进而他又想：是否可将象棋的招数运用到围棋对局之中？或者将围棋的战术运用到象棋中来？这一钻，奥秘倍增，棋趣陡涨。他将以前打得烂熟的象棋古谱复出来，每一着都试着用围棋技巧去解释。正钻得起劲，同学们已看完电影回来。他急忙爬上床铺继续他的对局。有位室友叫他他也不应（其实同寝室的学友对他如此入迷是早已见怪不怪了的）。不久，熄灯了。丁平和急忙又溜下床铺，端了两只凳子到盥洗室去——那儿的灯是通宵的。第二天同学们都去上课了他才躺下睡觉，一觉睡到下午上课。他把上午落下的课堂笔记向同学借来抄了一遍，到了晚上又跑到系办公室去了——那里有电视，晚上七点整有一场中日围棋天元赛实况转播。

四

丁平和完全理解师父那句"棋胜者败，胜棋者胜，悉其玄奥，方为上人"的话，是在他大学毕业出社会遇到的一次说大不大算小不小的挫折后。

自从他将围棋和象棋两种棋理合一而参悟后，他的围棋和象棋水平又有了很大进步。两种棋在他手下，相互促进，相得益彰。及至他毕业之际，他的围棋实力已足可与八段棋手抗衡，而他的象棋实力，也足以使师父刮目了。

丁平和一直以来牢记师父的吩咐，遵守自己的誓言，大小的象棋比赛只看不参加。精彩之着，三思而熟记，臭棋败着，亦只淡然一笑。自与对门同学吵过一架之后，他更是铭记师父之言，明可胜棋亦不露痕迹让对方逼和，使对方意犹未尽。只是他觉得师父既然没规定他围棋，于是便在走围棋时，大展手脚，在全省那次比赛中击败七段棋手后，他的名气就在学校传开来。

结束了大学生活，便面临找工作的问题。客观地说，由于他大学四年钻了围棋、象棋，功课的成绩并非那么突出优秀。他回到家乡后便托一位远房亲戚向一个人们趋之若鹜、令人眼红的部门的领导通融通融。那位年纪大丁平和一倍的亲戚却拖他先杀几局围棋再

开心无价

说。结果丁平和放开手脚走，下得肆无忌惮，三局下来，那个亲戚输得一局比一局惨不忍睹，心里极是恼火不快。而小丁却神采飞扬，怀着战胜的得意回到家里。没过几天，父亲从那亲戚那儿回来，告诉小丁说："那个工作你自个儿去跑吧，亲戚出差去了。他看在亲戚的分上让我带句话劝你：出了社会锋芒别太露。"

丁平和半晌说不出话来。原来这位亲戚也是输不起棋的。原来面子是这么重要的。他这才又想起师父"棋乃身外物"的话来，觉得师父不仅指象棋而言，也是指围棋而言的；不仅指棋而言，也是指为人而言的。如果不是大败了那位远房亲戚，如果保全了他的面子，如果让他得意高兴，或许结局完全不一样。而自己输几局棋又有何损呢？"棋胜者败"，果然棋我走赢了，我却又败了。丁平和想到这一层，心里没有丝毫责怪那位亲戚，反而从内心里感激起他来：如果这一挫折或者说教训不是得之于他，也许将来会在别的地方败得更惨痛的。

丁平和最终在现在这个局的办公室上班了。只有他自己知道，他是用四盘象棋，让局长走得痛快淋漓，享尽棋趣（两局杀和两局让局长侥幸获胜）而得来的！小丁上班后，双方才发现原来对方围棋也是下得挺不错的。象棋的棋味正酣，又添围棋好对手，真个是棋逢对手，杀得难解难分。不仅当局者尽享棋趣之奥妙，旁观者也尽情享受局长这"精彩"的对局。但总的来说，不管象棋、围棋，也不管是与同事对弈还是与局长对局，丁平和总是败多、和少、胜更少。与小丁对弈的人也总觉得自己的水平与小丁不差上下。因而同事们都爱与小丁对弈。局长出差，也多叫小丁同行，这样途中就不寂寞了。于是小丁在单位中人缘极好。至此，丁平和才真正体会到师父说的"胜棋者胜，悉其玄奥，方为上人"的深刻含义！只有能随心所欲控制并利用棋技，使它为自己生活得更好发挥作用的人，才是真的"胜棋"者。

五

热烈爆炸的鞭炮更增添了喜庆的气氛。丁平和结婚了，新娘是单位一位同事的女儿，叫夏雪。但他们的媒人不是那位同事，而是一局围棋，那局第六届 NEC 杯中日围棋擂台赛的第十四场比赛：中国九段棋圣聂卫平执白对日本九段棋手羽根泰正。

那天电视台实况转播是下午两点开始的。好在单位平时的工作也不是挺忙的，丁平和上午下班的时候就向领导打了请假半天的条子。中午扒了几口饭，丁平和便跑到一位有二十一英寸彩电的棋友家中。先和棋友扔了两局快棋。第一局棋友大叫赢了赢了，结果一数目，竟负了四分之三子。第二局倒是以八目半取胜。正要再下，时间到了，急忙打开电视换上频道调到最佳清晰度，两位挂盘讲解员正谈笑风生走上台来。丁平和和棋友也端坐电视前，身前各放一副围棋照电视打谱。棋友则一边打谱一边往纸上记谱。这就比丁平和差了一大段。丁平和往往摆完一局谱，三百多着的步法便能一着不差地复盘出来。

羽根泰正执黑以星小目开局，老聂执白不慌不忙应以二连星。一开始，便给人一种针锋相对、寸土必争的感觉。要知道对中国来说，这是一局关键棋。这局输了就输了，如果这局胜了，就可以请出日方的擂主加藤正夫九段，就有可能再次获得本届擂台赛的胜利！

这档儿，又有好几个棋友不约而同进来观棋。

棋局很快进入中盘。突然老聂弃中间一个孤子而不顾，在上边

开心无价

开出一朵"小白花"来。对于这一着，丁平和微微一笑，他心里已约莫估计到了老聂的用意。果然羽根正泰跟着这朵"小白花"栽下一株"刺"。老聂马上又扔了这几朵小白花先手走厚中央，转而回到打入右边，顺畅渡出了被黑棋包围着的一块棋子。

"嗬，原来上边那一手是'声东击西'呀！"一位女子的惊呼使得丁平和回头盯着她看了一眼。那女孩留着齐耳短发，戴着一副玳瑁眼镜，整个面部布局并不很靓却倒也耐看。那女孩见有男孩拿眼睛盯着她，便做了个鬼脸，边吃吃笑着低下头去。这一调皮的鬼脸倒深深地刻进了丁平和的脑子里，以至于后来每复起这局棋谱时便想起女孩这个俏皮的鬼脸。而其实当时丁平和只是惊讶于在此屋中竟然有女子也能道破这一"计"而回头看的。他的棋友及屋里其他几位围棋爱好者都没能说出这一招是什么计，包括电视上的两位讲解员，他们正在作可能的复杂的推理预测，因而这就不能不令丁平和"刮目相看"了。

这局棋最后以聂卫平取胜而结束。其实丁平和在聂卫平舒畅地渡出了边上受围的那块棋时，心里就已做出判定：只要不再走出昏着、犯低级的错误，老聂是稳操胜券的了。

棋友们为了庆贺中方关键一局棋获胜，每人自觉捐出一些钱来，到街上买来大包小包的食品。男的女的都举起杯子，饮料、酒杯碰了一下，兴高采烈一饮而尽。他们一边说笑，一边复盘，一边吃着分享着胜利喜悦的食品当晚餐。这时，丁平和通过棋友介绍，才知道那位做鬼脸的女孩叫夏雪，是棋友的老同学，刚从北京调回来，她的父亲正是办公室里那位平时不抽烟、一摆开棋枰就掏烟的夏老头。

五六个棋友闹够了后，丁平和请夏雪来走一局。七七四十九步下来，丁平和已觉出这个女子不寻常。小城里，且不说巾帼之中，便是须眉之间，有很多人也不是她的对手。这一局，丁平和想了想还是神不知鬼不觉地输给了她。夏雪以十子优势获胜。事后丁平和知道，这女孩竟是业余五段。

从此之后，丁平和去夏老头家走棋的次数也多了起来。后来的故事发展，各位看官自己也该想到了。

前来闹洞房的朋友嚷着要丁平和和夏雪公开一下恋爱的经过。夏雪羞红了脸。平常不多言语的丁平和此刻高兴之余，话也多了，也幽默起来。他见躲不掉，便笑着向来宾拱了一拱手说："那在下就简单地向各位棋友汇报一下我与雪儿这局恋爱棋。开始是我执黑先行的，攻势锐利，到了中盘我们长考时间较长，考虑了一年多。到最后落子的时候，我趁她读秒之机占了便宜。不过她是业余五段，我可一段也没有。实战中她胜我多，只有在谈恋爱上，她让了我一招，我赢了……"他转过身问身边娇羞妩媚的新娘："你说是不？错漏之处，在所难免，请'读者'批评指正！"

大伙儿一直以来都没有发现丁平和原来是这么幽默的，他们个个早已笑得东倒西歪。新娘羞得直用手亲昵地捶打新郎。

这一晚，丁平和表现非常出色，有问必答。最后，来宾要新郎新娘走一局新婚棋，规定可以提吃的子都不可以提，棋局一定要精彩，最后必须请新郎新娘别出心裁的讲解，能让大伙通过才行。

于是一局别开生面的"婚（昏）棋"开始了。夏雪不管在哪儿下，丁平和毫不思索地跟着在旁边靠上一颗——反正不提吃。夏雪开始还不明白平和的意思，三招一过，便心领神会，不禁要笑出声来。于是夏雪下得飞快，丁平和应得飞快。夏雪一路一路密密地放，丁平和一路一路紧紧地跟。一局结束了，三百六十一个点全都

开心无价

放满了子，每排横的纵的全是一颗白一颗黑，像是缩小而增添了格子的国际象棋的棋枰。不等下完，来宾也忍不住笑了，其意不言自明，但大伙偏要让两位新人说说。还是丁平和出面说道："不管夏雪走到哪里，我都要跟到哪里，永不离开！这局子，可以全提了黑子，也可以全提了白子，但没有了一方，另一方也就没有了。没有雪儿就没有我了。而且这局棋是'男女平等'的象征。但愿诸位在自己的人生中也能走出最完美、最精彩的棋。"

掌声热烈，热烈掌声，久久不息。

六

丁平和的父亲哭丧着脸来到儿子的办公室时，丁平和还在电话里和夏雪说是不是抽空回家一趟。父亲很不好意思地而又愤愤不平、很不服气地对丁平和说："我那十五元买稻种的钱和十元小伙钿，全让车站门口那个摆象棋摊的人赢走了。"

幸亏办公室别无他人。丁平和安慰了父亲几句，想自己掏二十五元给父亲补上就得了。谁知棋迷父亲说起那局残局活灵活现，却始终弄不明白怎么最后又输了。这一来，倒是撩起丁平和的好奇来。小丁到隔壁办公室打了个招呼，便和父亲一起往车站那儿走去。

那摆棋摊者见丁平和的父亲又折回来，傲然地说："怎么？再来一局？"

丁平和一看，你道是谁，摆棋摊的正是十多年前打着雨伞与自己师傅下棋的那一位。自那次师父打败他之后，丁平和就没有再见到过他。十多年未见，他老了许多。

丁平和见他口气那么傲，心里便如开了盖的汽水瓶儿——气直往上冒,便说:"我来几局。"

"好好。"那人根本不把丁平和这年轻人放在眼中,移动了几下,排出一局新的残局。

也许是丁平和的气上心头有点儿浮躁,这一局他输了。他一声不吭地掏出二十五元递了过去。那人道了声"不好意思"便放进袋里。丁平和问:"可以再来吗?"

"当然当然,来几盘奉陪几盘。"对方说,旋即又变动了几下,排出了新的残局。

丁平和凝神聚气,排除心中的浮躁情绪,仔细观局,不禁大吃一惊!这残局不就是棋王谢侠逊 1940 年冬在成都与棋手贾题韬的十局对局之一吗?这残局少说也打过十遍八遍了。但丁平和仍是小心谨慎地考虑了再三,才提子落枰。他忽然想起当年师父与此人对弈的情境来。若是现在下起雨来,他也许同样顾不上躲雨的。

这一局,丁平和很顺畅地胜了,摆摊人乖乖地将刚放入口袋的二十五元钱掏出来还给丁平和,连说两句:"后生可畏,后生可畏!"

丁平和谦虚道:"哪里哪里,侥幸而已。再来一局,好吗?"

那人说:"好,再来一盘。痛快!"

只见他飞快地排出一局新残局。丁平和一看,吃惊更大!这不是师父那本古谱的最后一局吗?他怎么知道的?要知道这一残局变化复杂多端,谱中亦未说尽。先走一方(黑方)按丁平和这十多年的推演来看,最佳结果不过是用毕生修炼的棋力与红棋拼"内功"逼和了。他想大不了把二十五元再一次还给对方,自己也可以学到一个绝招了。如果胜了,不仅可以为父"报仇雪恨",而且证明自己平常推演是正确的。于是他先问那人和了怎么算。那人似乎成竹在胸,说:"和了便算你胜。"

"好，那就玩玩。"丁平和说。

丁平和的父亲在一旁直叫："将！将军！先将！"但丁平和却用一车兑了对方一马。这一招貌似自杀的着法，却正是通向逼和的门槛。丁平和称这一招法为"天诛地灭"。丁平和的父亲大叫臭棋，必输了。丁平和置若罔闻，双眼紧盯棋枰。对方长考了五六分钟走了一步进兵。这一步看似软弱却绵里藏针。丁平和也驱卒直进……

没出丁平和意料，最后虽然费了许多周折，还是以和为终。那人惨笑了一下，将另外二十五元钱递给丁平和。丁平和将钱递给还在一旁愣着的父亲。那人黯然问道："请问后生师承何人？"

丁平和反问："敢问先生最后残局出自何处？"

那人怔了怔，说："胡乱排的，胡乱排的……"

丁平和亦说："我一村野俗夫，哪来师父？随便玩的，侥幸赢的……"

那人对围过来看棋的另几个棋摊主说："此处非你我能混饭吃之地，还是三十六计——走为上。"

丁平和急忙说："先生此言差矣。晚辈侥幸取胜，岂敢再来比试？你们照旧摆你们的摊好了。只是我劝一句：一局一元足矣，娱乐娱乐，岂可赌博？"说毕便拉起还愣在一旁的父亲的手，走了。

七

结婚后不久，夏雪就觉察出了丁平和围棋、象棋的棋力远比平常所表现的要深厚得多。有一天晚上，夏雪忍不住问丁平和：为什么不将自己棋力全部使出来？

丁平和一惊，开始还说自己便这么点水平。夏雪哭了起来，丁平和慌了，问她怎么哭了。夏雪说："我是你妻子。你却不对我说实话，莫非你……"

丁平和无奈，终于向夏雪坦白了，但他事先还是要雪儿替他保密。夏雪郑重地点了头，丁平和这才说："若论棋力，或许全县没几个人是我的对手——不管象棋还是围棋，这并非吹牛。但我在大学时因走棋与同学吵了一架。毕业分配时，就因连胜一位年龄比我大得多的远房亲戚，让他觉得丢了面子，竟然帮我找工作也不愿了。我渐渐明白了，象棋也罢，围棋也罢，都是身外娱乐工具，输赢何必看得那么重呢？自己输几局，对自己来说毫无损伤，而对对方来说却心里高兴，心情一高兴，便对你会产生好感，有好感便有友情，有友情便可以创造一个有利于自己工作和生活的环境。这就是我想到的'棋胜者败，胜棋者胜'。只有跳出棋外，用棋为自己创造有利条件，那才是真正的胜利。"

夏雪听得目瞪口呆。

"当然，与人对弈，也要讲究享受棋趣。棋是一门艺术。不管水平高低与你下，你都得让对方尽享棋的乐趣。这不仅可以提高对方的兴趣，还可以提高他的棋力。"

"你和高手下也差不多，与初学人下也差不多，别人难道看不出你是在让他吗？"夏雪问。

"如果让别人看得出来，就说明自己的水平还不够高了。譬如打乒乓，同样一记重扣，从动作上看是一模一样的，但只有挥板者、只有高水平球手才能使每一记重扣在力度、旋转度以及落球点上各有不同，所以同样每着棋，所蕴藏的作用仍是不同的。不怕你生气，你还记得我们初次见面的那局围棋吗？其实我完全可以胜你，你当时感觉到没有？我承认，我骗了你，但这是美丽、友善的欺骗。没有那一骗，我也许今生就骗不到你呢……"

开心无价

夏雪开心地笑了。自此后，丁平和在家里便有了个难听而他却倍感亲切的绰号——"好骗子"。

丁平和的确还是骗了妻子——或者说对妻子还是保留了部分秘密：师父的事及围棋、象棋合一参悟的事。但他觉得他说得已够多了。

他最后对夏雪还说："说实话，我能找到你，我能在单位里吃得开，我能在短短的三年里便当上办公室的副主任，我自己知道，这都得归功于棋，象棋和围棋。这是我的第三条腿，是我最有力的撒手锏。"

丁平和的这一番话，说得夏雪半天回不过神来。最后她说："我是做不到的，一拿起棋子来，就会竭尽全力下的，哪怕那样输了，也只怪自己水平太差。"

"当然，每个人都会有自己最得意的撒手锏。我如果写字，当然就会使出吃奶的劲儿来，尽可能让它写得漂亮些的。也许在棋这一点上，我想得多了些而已。"丁平和平静地说，"生活教会人们的东西，人们才会去珍惜！"

后 记

高尔基说过:"书籍是人类进步的阶梯。"从小到大,我一直深信不疑。从小学拿到第一本课本开始,我就觉得,书籍能教给我知识。长大后,看了不少文学作品,才知道书籍还能给人生活体验、情感渲染、心灵慰藉,在人的成长、三观形成的过程中,有着教化作用。因而,书籍的神圣感就更进了一步。

也正是因为心中有着这一先入为主的意识,两三年前,我的文学导师劝我出一本作品集时,我惶恐得很,毫不犹豫婉拒了。尽管自己从20世纪80年代末开始爱上文学创作,三十多年来,陆陆续续写过些许诗歌、散文、散文诗、小说、报告文学,在县、市、省各级报刊公开发表过一些作品,但每每一发表后,就感到自己的作品不够成熟,太羞人了。所以,或许与别人不一样,作品发表后,我心里不安的时间远比开心的时间要长得多。于是便寄希望于下一篇能让自己满意些。

时代发展之快、变化之大,远远出乎人的意料,出书早已成为不足为奇的事了。有的人三五本,有的人十多本甚至几十本,令我高山仰止。但综观汗牛充栋、洋洋壮观的书海,又有几多能传之后世呢?故而,我的导师第二次催我抓紧出一本时,我还是忐忑不安,没有勇气。我想,这世上文字垃圾已太多了,还是别添了吧。若真要结集,等我离开这世界时,让儿子给我整理所有我曾写的文字,随我带走就是了。

这次下决心结集出一本,原因有三:一是陆原老师的再三鼓励。他说,通过这样一次全面梳理,对自己的作品会有一个更清晰的认识,对自己以后的创作会有很大的促进和帮助。二是身边亲朋好友不时索求拙作,鼓励我出一本。三是自己认为自从爱上文学以来,创作态度是认真、端正的,作品立意是正确的。文笔好差是水平问题,立意对错是人品问题。我的作品题材,虽涉及方方面面,有时弊针砭,有情感抒发,有人性探索,笔法或现实或荒诞,但绝无反动、少儿不宜之类,歌颂真善美,鞭挞假恶丑。特别是《得失》这篇小文,写于1996年,先在《仙居文艺》《台州文学》发表,后在省刊《东海》发表,《小小说选刊》1998年第18期选载,2016年9月入选杨晓敏《小小说300篇鉴赏》,2019年1月入选中国出版集团、现代出版社"改革开放40年文选系列"《1978—2018中国优秀小小说》,2019年10月入选中蒙建交70年《70周年70位作家70篇小说》(蒙古国文)。另有5篇入选2017年至2020年的全国年度作品集。

在整理书稿过程中,发现自己不少作品有明显的时代烙印。特别是20世纪八九十年代的初期作品,现在看来已不符合当下的现实,但弃之不忍,毕竟是自己前进过程中的一个脚印,故略做整理,予以保存。次序编排上,大体以小小说、短篇小说为序,将个人情感类、家庭亲情类、邻里社会类、官场廉政类等主题相近的作品相对集中排在前后,并未按创作时间排列。

回顾来路,我要感谢小学、中学教我语文的老师,是他们培养

后 记

了我对语言文字最初的兴趣。我要感谢县文联、市作协历任领导对我的关心和扶掖。我更要特别感谢陆原、杨晓敏两位导师,没有这两位导师的谆谆教诲、严格要求、悉心指导、鼓励栽培,就难以有这些作品呈现,尽管这些拙作离两位导师的要求还相距甚远。我还要感谢一直伴随我前行的家人、亲朋好友,是你们的鼓励,让我坚持下去,尽管脚步蹒跚。

不管怎样,我总算鼓足勇气拿出了我的"第一条小板凳",或许它比爱因斯坦的"第一条小板凳"还糟糕,但毕竟迈出了第一步。这对我而言,其意义不亚于阿姆斯特朗在月球那荒凉而沉寂的表面第一次印上人类的脚印。

需要赘言的是,本书乃小说作品集,人物、情节皆为虚构,如有雷同,纯属巧合。恳请身边的、远方的、熟识的、陌生的朋友,切莫对号入座。

由于本人水平有限,笔力不逮,修行不深,难免有不足甚至谬误之处,还望有着法眼和慧眼的诸位,不吝赐教,批评指正。

2021 年 12 月 30 日于仙居